FOLIO POLICIER

Tony Hillerman

Le peuple de l'ombre

Traduit de l'anglais par Jane Fillion

Gallimard

Titre original :

PEOPLE OF DARKNESS

Tony Hillerman est né dans l'Oklahoma en 1925. En 1970, il publie son premier roman *La voie de l'ennemi.* Il y parle déjà de la légende des Navajos. L'originalité de son œuvre est d'ancrer des procédures policières dans la diversité des cultures indiennes.

CHAPITRE I

Le travail consistait à attendre que les cultures se développent, que les toxines apparaissent, que les anticorps se forment, que les réactifs réagissent. Dans cette attente, la bactériologiste approcha son fauteuil roulant d'une des vastes baies d'où elle contemplait le monde qui s'offrait à sa vue, le parking du Centre de Recherches et de Traitements du Cancer et le Laboratoire d'Etudes des Maladies contagieuses qui se dressaient tous deux sur le campus de l'Université du Nouveau-Mexique Nord. Un parking toujours bondé où l'on se disputait les places vacantes. Depuis bientôt deux ans qu'elle l'observait, la bactériologiste n'en ignorait plus rien. Elle savait par exemple à quelle heure de jeunes préposées relevaient les compteurs du parking; le temps que mettait pour arriver le camion chargé d'embarquer certaines voitures; quel acte illégal provoquait cette ultime mesure, et quelles voitures avaient tendance à s'y exposer. Elle savait même qu'une idylle était née entre la propriétaire d'une Datsun et celui d'une Mercédès bleue décapotable qui se garaient tous deux dans la partie du parking réservée à l'un des administrateurs les plus haut placés. Au cours de cette seconde année, la bactériologiste avait pris l'habitude d'apporter ses jumelles au laboratoire, et finalement, elle les y laissa. En cet instant elle les braquait sur une camionnette verdâtre qui se dirigeait non sans hésitation vers une place vide surmontée d'un écriteau.

Emplacement réservé au Directeur adjoint.
Toute voiture contrevenant à ce règlement
sera emmenée à la fourrière aux frais de
son propriétaire.

La bactériologiste savait depuis longtemps que les cancéreux ne se soucient guère des règlements. Ils se meurent et ils le savent. Toute autre considération leur semble de peu d'importance. Cependant un comportement civilisé l'emportait généralement et l'on observait rarement un tel mépris du règlement.

Le coupable était un Indien qui, observé aux jumelles, n'avait cependant rien d'agressif. Un homme las, visiblement malade. Il descendit péniblement de la camionnette. La bactériologiste remarqua qu'il y avait une valise sur le siège avant et elle admira cet Indien qui allait entrer à l'hôpital et qui abandonnait sa voiture au bon vouloir de la loi. Un pied de nez au sort, en quelque sorte. Chose curieuse, il laissa sa valise derrière lui.

Un type à la forte carrure, au large torse et aux hanches étroites caractéristiques des Navajos, se dit encore la bactériologiste. Il portait des jeans et, en dépit de la chaleur de ce mois d'août, une veste de coton croisé. Il va sans doute s'inscrire à l'hôpital, pensa-t-elle, puis il reviendra prendre sa valise et garer sa camionnette.

Un second véhicule fit montre d'un égal mépris envers la loi. Une chevrolet gris argent, battant neuve, qui vint se garer à la place réservée au directeur du C.R.T.C. La portière avant s'ouvrit et un homme à la taille élancée descendit de la Chevrolet. Vêtu de blanc, il portait, rejeté en arrière, un panama. Il resta un moment à considérer la camionnette, puis il fit le tour de sa voiture et ouvrit la porte côté passager. Il se pencha, sans doute à la recherche de quelque objet posé sur la banquette avant, puis se redressa. Il tenait à la main un sac d'épicerie replié du haut. Il déposa ce sac sur le plancher de la camionnette parmi les colis et les cartons qu'elle contenait déjà. Cela fait, il regarda autour de lui, examina le parking, les trottoirs, leva même les yeux vers la bactériologiste. Un homme aux cheveux d'un blond très pâle, presque un albinos. Une minute plus tard, il remonta dans sa Chevrolet et s'en fut.

Il allait être midi lorsque la bactériologiste conclut que les microbes qui avaient proliféré dans la substance qui lui avait été confiée à fin d'examen était non la dangereuse salmonelle, mais l'*Escherichia coli*, non pathogène et parfaitement inoffensif. Elle fit un exposé détaillé, compléta son rapport, puis approcha encore son fauteuil roulant de la fenêtre. Un camion de dépannage venait de surgir. La bactériologiste ajusta ses jumelles. L'aide du conducteur entreprit de relier le camion à l'arrière de la camionnette. Il agita la main gauche et s'accroupit derrière une des roues de la camionnette pour examiner de plus près quelque chose qui l'intriguait. A cette distance, et intercepté par les vitres au verre renforcé, on ne distinguait pas le bruit du moteur de la voiture de dépannage, mais la bactériologiste vit nettement l'arrière de la camionnette se mettre à se soulever.

Puis tout disparut sous une lumière aveuglante. Le son arriva une seconde plus tard... un véritable coup de tonnerre. Les vitres des fenêtres du laboratoire furent poussées vers l'intérieur jusqu'à la limite de la tolérance, puis elles éclatèrent et furent projetées violemment vers l'extérieur où leurs débris se mêlèrent à ceux des centaines d'autres fenêtres qui pleuvaient sur les trottoirs déserts.

CHAPITRE II

Les flocons qui tombaient dru se transformèrent brusquement en grains de maïs qui tambourinèrent sur le large feutre de Jim Chee, se glissèrent dans le col de sa veste d'uniforme et le firent frissonner. D'après le calendrier Grant, de la First National Bank, posé sur le bureau de Chee, on était le 3 novembre. D'après celui, moins traditionnel, du *Dinee*, le début de la Saison où le Tonnerre dort. Mais qu'on se rapporte à un calendrier ou à l'autre, un temps pareil était vraiment prématuré, même à 2 500 mètres d'altitude, sur ce versant du Mont Taylor. Howard avait pourtant annoncé, dans son dernier bulletin météorologique, de possibles chutes de neige, mais Chee n'en avait rien cru et avait laissé son manteau d'hiver au commissariat de police.

Il lança un regard à sa voiture... une Chevrolet blanche qui portait le sceau du Peuple navajo, et sur sa portière, l'inscription *Police tribale navajo*. Il pouvait se réfugier dans la voiture et mettre le chauffage en marche. Il pouvait s'abriter à l'entrée de la résidence de Benjamin J. Vines, ou encore appuyer une nouvelle fois sur la sonnette dans l'espoir d'attirer l'attention. Cette sonnerie avait quelque chose d'allègre qu'il percevait avec plaisir à travers l'épaisse porte. Bien que ses tentatives n'eussent pas eu de succès, il fut tenté de recommencer pour l'entendre encore une fois. Il pouvait également, ce qu'il fit, remonter le col de sa veste pour se protéger la nuque et apaiser la curiosité que lui inspirait la vaste demeure. Elle était l'œuvre, avait-il entendu dire, du fameux architecte Frank Lloyd Wright, et on la disait la maison la plus coûteuse de tout le Nouveau-Mexique. Oui, elle excitait la curiosité de Chee, comme d'ailleurs tout ce qui concernait le monde des Blancs. Une curiosité d'autant plus intense que dans très peu de temps il entrerait lui-même dans ce monde étrange et mystérieux. Le 10 décembre, c'est-à-dire dans moins de cinq semaines, il lui faudrait décider s'il acceptait le poste qu'on lui offrait au F.B.I. et une place dans le monde des sonnettes carillonnantes.

Il remonta plus haut le col de sa veste, abaissa les larges bords de son feutre et continua son inspection. Il se tenait près d'un triple garage construit, comme la maison elle-même, en granit du pays, et relié au corps principal par un muret incurvé fait de la même pierre. Juste au pied de ce muret, sur un banc de gazon qui n'avait guère plus de cinq mètres de long, deux petites dalles de marbre noir attirèrent son attention. Des pierres tombales, sans aucun doute. Il se pencha sur le muret. A sa droite, le nom gravé dans le marbre était celui de Dillon Charley. Et au-dessous on pouvait lire :

Il ne se souvenait pas du jour de sa naissance
Il est mort le 11 décembre 1935
C'était un bon Indien

Chee ricana. L'ironie du double sens était-elle voulue? Vines, ou quiconque avait ordonné que fussent gravés ces mots, se souvenait-il de l'adage du général Sheridan que seul un Indien mort est un bon Indien?

Sur la pierre tombale de gauche, Chee lut :

Mme Benjamin J. Vines (Alice)
Née le 13 avril 1909
Morte le 4 juin 1949
Une Femme fidèle

Fidèle à B. J. Vines? Quel étrange éloge à graver sur une pierre tombale! Mais tout ce qui touchait aux coutumes mortuaires des Blancs semblait étrange à Chee. Les Navajos n'ont pas le culte des morts. Pour eux, la mort prive le corps de toute valeur. Son identité même disparaît lorsque le *chindi* l'abandonne. On doit disposer de ce qu'a laissé derrière lui le « fantôme » avec le risque minimal de contamination pour les vivants. On ne prononce pas le nom des morts, et à plus forte raison on ne le grave pas dans la pierre.

Chee examina encore la tombe de Charley. Ce nom éveillait quelque chose en lui. Il n'y avait pas de Charley dans le clan de Chee – le Peuple au Lent Parler – pas plus que dans les autres clans qui occupaient le Territoire rocailleux de sa famille. Mais ici, à la frontière est de la Réserve, parmi Le Peuple du Sel, le Peuple aux Chèvres nombreuses, le Clan de la Boue et le Clan de la Pierre dressée, ce nom était commun. Or un certain Charley avait accompli récemment un acte dont il aurait dû garder le souvenir.

– Cela vous paraît un lieu incongru pour un cimetière?

Une voix s'élevait, derrière lui. Celle d'une femme d'une cinquantaine d'années, au beau visage mince qui ne souriait pas. Elle portait sur un jeans un manteau d'une coûteuse fourrure. Un bonnet de marin lui couvrait les oreilles.

– C'est une des nombreuses excentricités de J. B. d'enterrer des gens près d'un garage... Vous êtes le sergent Chee?

– Jime Chee.

La femme qui le dévisageait en fronçant le sourcil ne fit pas mine de lui tendre la main.

– Vous êtes plus jeune que je ne pensais. On m'avait dit que vous étiez une autorité en tout ce qui touche à votre religion. Est-ce exact?

– J'apprends à devenir un *yataali*, dit Chee.

Il utilisait le mot navajo car aucun mot anglais n'en donnait le véritable sens. Les anthropologistes les appellent des shamans et dans la Réserve on les désignait sous le nom de « chanteurs » ou

« soigneurs » mais aucun de ces deux noms n'exprimait réellement le rôle qu'il jouerait auprès de son peuple s'il s'y exerçait.

– Vous êtes Mme Vines? demanda-t-il à son tour.

– Oui. Rosemary Vines. (Et jetant un regard à la pierre tombale :) La seconde Mme Vines. Mais si nous nous mettions à l'abri?

La maison avait surpris Chee. Sa façade incurvée, l'absence presque totale de fenêtres, suggéraient plutôt la paroi d'un rocher. Mais lorsqu'il eut franchi les portes massives et qu'il se trouva dans le hall, le mystère s'éclaircit. Ce qu'il prenait pour la façade était en réalité l'arrière de la maison. Le plafond s'élevait en une immense courbe vers une non moins immense paroi de verre. Au-delà de cette paroi le versant de la montagne s'offrait à la vue, obscurcie aujourd'hui par des nuages et des brusques chutes de neige fondante; mais par un jour clair, elle devait s'étendre presque à l'infini, au sud et à l'est, jusqu'aux Réserves indiennes de Laguna et d'Acoma; à l'ouest, sur un véritable océan de lave refroidie, le *malpais*, qui s'étendait jusqu'au pied des Monts Zuni, et enfin, à l'est, par-delà la Réserve de Canoncito, jusqu'à la haute silhouette bleue des Monts Sandia, au-delà d'Albuquerque. La vaste salle était aussi spectaculaire que la vue qu'elle offrait. Sur la gauche de Chee une cheminée, elle aussi en pierre du pays, dominait la paroi, avec en guise de tapis de foyer une peau d'ours blanc. Sur la droite des centaines d'yeux de verre de trophées de chasse le contemplaient : bison, gnou, bouquetin, antilope, élan, cerf et une douzaine d'autres espèces que Chee fut incapable d'identifier.

– Il faut un certain temps pour s'y habituer, reconnut Mme Vines. Et encore il conserve les plus féroces dans la pièce consacrée exclusivement à ses trophées. Ceux que vous voyez là, au moins, ne vous donnent pas l'impression d'être prêts à vous mordre.

– J'ai entendu dire qu'il était un remarquable chasseur. N'a-t-il pas gagné le prix Weatherby?

– Deux fois, dit Rosemary Vines. En 1962 et en 1971. De sombres années pour tout ce qui portait crocs, pelage ou plumage.

Elle jeta son vison sur le dos d'un fauteuil. Sous son précieux manteau, elle portait avec son jean un simple chemisier d'homme en tissu écossais.

Une femme élégante qui surveillait sa silhouette. Mais on la sentait tendue. Cela se voyait à son visage, aux muscles de sa mâchoire étroite, et à la façon dont elle tourmentait sa ceinture.

– J'ai besoin d'un verre, déclara-t-elle. Vous m'accompagnez?

– Non, merci.

– Du café?

– Si cela ne vous dérange pas.

Mme Vines s'approcha d'une ouverture grillagée, ménagée près de la cheminée.

– Maria? (Et comme un bourdonnement se faisait entendre :) Apporte-moi un Scotch et du café. (Et se tournant vers Chee :) Vous êtes, à ce qu'il paraît, un excellent investigateur. De plus vous exercez maintenant à Crownpoint et vous avez une parfaite connaissance de la religion des Navajos.

– J'ai été effectivement transféré à Crownpoint et j'ai quelques lumières sur les coutumes de mon peuple.

Chee n'avait aucune envie de dire à cette Blanche arrogante que les Navajos n'ont pas de religion dans le sens que les Blancs donnent à ce terme. Il lui fallait d'abord découvrir ce qu'elle attendait de lui.

– Asseyez-vous, fit Rosemary Vines en désignant un immense sofa bleu et elle-même s'installa dans un fauteuil fait de tubes de chromé et de cuir.

– Vous y connaissez-vous également en sorcellerie, demanda-t-elle, perchée sur le bord de son fauteuil, souriante, mais toujours tendue, ses mains s'agitant maintenant sur ses genoux. Ces histoires au sujet des Loups Navajos, des fantômes, si c'est ainsi que vous les appelez. Vous y connaissez quelque chose?

– Un peu, oui, dit Chee.

– Alors je tiens à m'assurer vos services. Je sais que vous allez disposer de vacances... (A ce moment, une vieille femme, une Pueblo – mais Chee n'aurait pu dire à quel clan elle appartenait –, entra, chargée d'un plateau, et examina Chee du coin de l'œil avec une timide curiosité.) Oui, vous allez disposer d'un mois de vacances. Ce devrait être amplement suffisant.

Mme Vines prit son verre, qui d'après sa couleur contenait plus de whisky que d'eau, et Chee une tasse de café.

Un mois? Amplement suffisant? Pour quoi faire? pensa Chee. Mais il ne formula pas la question. Sa mère lui avait appris qu'on apprend plus en écoutant qu'en parlant.

– Nous avons été cambriolés, dit Mme Vines. Quelqu'un s'est introduit dans le bureau de B. J. et a volé un coffret qui contenait des souvenirs. Je veux vous engager pour que vous retrouviez ce coffret. B. J. est actuellement à l'hôpital, à Houston, et je désire retrouver ce coffret avant son retour à la maison. Je vous verserai cinq cents dollars tout de suite, et deux mille cinq cents dollars quand vous m'apporterez le coffret. Cela me paraît une offre raisonnable.

– Mais le shérif vous fera cela pour rien, lui fit observer Chee. Qu'est-ce qu'il en dit?

– Gordo Sena? fit Mme Vines. B. J. n'a rien à en foutre, de Sena. Et moi non plus. B. J. s'oppose à ce qu'il se mêle de cette affaire. D'ailleurs que pourrait-il faire? Nous envoyer un sous-fifre parfaitement ignorant. Il posera des tas de questions, fouillera la maison puis il retournera au commissariat et on n'entendra plus parler de lui. (Elle avala une gorgée de Scotch et ajouta :) D'ailleurs, la police ne disposerait pas de la moindre piste.

– Mais j'appartiens moi-même à la police, rétorqua Chee.

– On, pour vous, ce sera tout simple. Le Peuple

de l'Ombre a volé le coffret. Vous découvrez les coupables et vous les obligez à le restituer.

Chee but une gorgée de café et s'enfonça plus profondément dans le moelleux sofa bleu royal. Il réfléchissait à ce que venait de lui dire Mme Vines et s'efforçait d'en percer le sens. Elle-même l'observait. Dans le verre qu'elle tenait à la main, les glaçons s'entrechoquaient. De son autre main elle pianotait sur son jean. Sur l'immense baie vitrée, la neige fondante frappait et glissait. La nuit tombait.

– Le Peuple de l'Ombre, répéta Chee.

– Oui, dit Rosemary Vines. Ce ne peut être qu'eux. J'ai omis de vous dire qu'à part ce coffret, on n'a rien pris. Regardez autour de vous. (Et, embrassant la vaste salle du geste :) Ils n'ont emporté ni l'argenterie, ni les tableaux, ni quoi que ce soit d'autre. Uniquement le coffret. Ils se sont introduits ici pour le voler et ils l'ont emporté.

Le service en argent était sur le buffet – un haut flacon en forme d'urne et une douzaine de gobelets, le tout posé sur un épais plateau d'argent massif. Ça doit valoir cher, se dit Chee. Tout comme ce merveilleux petit tapis Navajo que le plus avare des marchands aurait certainement payé deux mille dollars à la Réserve.

Chee résista à l'envie de demander à Mme Vines ce qu'elle entendait par « le Peuple de l'Ombre ». Il n'en avait jamais entendu parler, mais le plus simple était de la laisser s'expliquer.

Ce qu'elle fit, toujours perchée au bord de son

fauteuil et buvant son whisky à petites gorgées. Elle raconta que lors de son arrivée – la maison n'était pas encore terminée – le régisseur de la propriété était un Navajo du nom de Dillon Charley, l'homme qui reposait maintenant près du garage, à côté de la première femme de Vines.

– Vines et Charley étaient amis, à ce moment-là, ajouta Rosemary Vines. Le vieil Indien avait créé une sorte d'église et B. J. s'y intéressait. Ou semblait s'y intéresser. Il avait beau répéter qu'il le feignait pour faire plaisir au vieil homme, en réalité il s'y intéressait. J'avais trop souvent entendu les deux hommes en discuter et de plus B. J. la soutenait à l'aide de fonds. Enfin, lorsque votre police navajo arrêtait un des membres de cette secte, B. J. s'employait à le faire sortir de prison.

– Les arrêtait? répéta Chee. (Et brusquement illuminé :) Parce qu'ils prenaient du peyotl?

Dans ce cas, la secte de Dillon Charley faisait partie de l'Eglise indigène américaine. Elle avait fleuri dans la Réserve Frontière après la Seconde Guerre mondiale, et avait été interdite par le Conseil tribal parce que dans son rituel elle utilisait le peyotl, cette drogue hallucinogène, mais la Cour fédérale avait annulé le décret tribal sous prétexte qu'il portait atteinte à la liberté du libre choix en matière de religion.

– Du peyotl, répéta Rosemary Vines. Un stupéfiant. (Et avec un accent de mépris :) B. J. a de bien curieuses façons de manifester son intérêt. Quoi qu'il en soit B. J. a donné à des Indiens certains trésors qu'il sortait de son précieux coffret. Je les ai vus souvent, Dillon Charley et lui, en examiner le contenu. Ce qu'il renfermait semblait avoir de l'importance aux yeux des membres de la secte.

– Que contenait ce coffret? demanda Chee.

– Des souvenirs, dit Mme Vines après avoir avalé une bonne gorgée de whisky.

– Quelle sorte de souvenirs? fit Chee, insistant. Des choses de valeur? En quoi intéressaient-elles les membres de cette secte?

– Je n'ai jamais été autorisée à voir ce que contenait ce sacré coffret, dit Rosemary Vines. (Elle se mit à rire et ajouta :) B. J. avait ses petits secrets. Sa vie secrète, tout comme moi. (Mais malgré son ton dégagé on devinait en elle un ressentiment qui ne datait pas d'aujourd'hui.) Encore une fois, B. J. l'appelait son coffret aux souvenirs et il affirmait que ce qu'il contenait n'avait de valeur qu'à ses yeux. En cela, il se trompait.

Et elle rit encore.

– Auriez-vous quelque idée de ce qu'il a donné à Dillon Charley? Même une très vague idée?

– Est-ce que le mot taupe vous dit quelque chose? demanda Mme Vines en le regardant pardessus son verre, avec une expression énigmatique.

Chee ne put se retenir de rire. Cette conversation lui rappelait de plus en plus un des contes qu'il avait le plus aimés dans la littérature des Blancs : « Alice au Pays des Merveilles. »

– Non, dit-il. Le mot taupe n'éveille rien en moi.

– Comment dites-vous taupe en navajo?

– *Dine'etse-tle*, dit Chee en articulant avec soin les gutturales.

– Oui, c'est bien ainsi que les appelait Dillon Charley. J'ai demandé à B. J. ce qu'il lui avait donné et il m'a répondu par ce mot-là. A cette époque, nous avions une servante navajo – c'était au temps où les Navajos acceptaient de travailler pour B. J. Je lui ai demandé ce que signifiait ce mot et elle a répondu taupe.

– C'est exact, reconnut Chee.

En réalité, si l'on séparait les mots, cela voulait dire plus. *Dinee* était l'équivalent de peuple. L'expression, prise littéralement, signifiait donc « peuple de l'ombre ».

– Pourquoi appelez-vous la secte de Dillon Charley le « Peuple de l'Ombre »? demanda-t-il.

– C'est ainsi que l'appelait B. J. Ou quelque chose de ce genre. Cela s'est passé il y a tant d'années que je ne m'en souviens plus très bien.

Tu te souviens très bien, au contraire, pensa Chee qui se contenta de dire :

– C'est peut-être pour une toute autre raison qu'on a volé ce coffret. (Et, désignant d'un geste du bras la vaste salle :) Ce lieu est légendaire. B. J. Vines lui-même est un être légendaire. Il s'est peut-être formé une légende autour de ce coffret. On raconte peut-être qu'il est plein d'or, ou de diamants ou de billets de mille dollars. Alors celui qui s'en est emparé se souciait peu de l'argenterie, des tableaux ou des tapis navajos. Etait-il fermé à clé? Ceux qui s'en sont saisi ont-ils dû l'emporter et le forcer avant de découvrir ce qu'il contenait?

– Il était toujours fermé à clé, dit Rosemary Vines. On aurait dit que B. J. y dissimulait les joyaux de la Couronne. Mais il affirmait qu'il ne contenait que des photos, des lettres qui l'aidaient à se souvenir du passé. (Elle sourit d'un sourire sans gaieté.) B. J. a l'art de conserver toutes sortes de souvenirs. On dirait qu'il a peur de perdre la mémoire, ajouta-t-elle avec un rire tout aussi dépourvu de gaieté.

– Mais un étranger...?

– Un étranger n'aurait pas su où B. J. conservait ce coffret, dit Mme Vines d'un ton impatient. Dillon Charley, lui, le savait. Ce qui me permet de supposer qu'il en a parlé à son fils. (Elle se leva, souple et gracieuse, et dit :) Venez, je vais vous montrer l'endroit.

– Une chose encore, dit Chee, se préparant à la suivre. Votre mari semble à peu près tout connaître de ce Peuple de l'Ombre. Ne serait-ce pas plutôt à lui de tenter de récupérer le coffret?

– Comme je vous l'ai dit, fit Mme Vines, il est à l'hôpital. Il a eu une attaque, l'été passé. Il chassait en Alaska. On l'a ramené en avion. Il est paralysé du côté gauche. On est en train, à Houston, de mettre au point un appareil, qui lui permettra de se déplacer plus facilement, mais je ne le vois pas très bien courir après des voleurs dans cet état.

– Non, évidemment pas, reconnut Chee.

Elle s'arrêta devant une porte ouverte, fit signe à Chee de la suivre.

– Oh, c'est la sorte d'homme qui serait capable de le faire avec des béquilles. Et même dans un poumon d'acier. C'est bien pourquoi je voudrais récupérer ce coffret le plus vite possible. En tout cas avant son retour. Je ne veux pas qu'il se fasse de souci à ce sujet.

La pièce que Rosemary Vines appelait « le bureau de B. J. » était vaste, avec un plafond aux poutres apparentes, une cheminée de granit placée entre deux fenêtres qui donnaient sur le versant de la montagne et une immense table de travail à plateau de verre. Trois des murs étaient couverts de têtes de félins qui montraient les dents. Chee repéra trois lions, deux lionnes, quatre tigres, de nombreuses panthères, léopards, pumas, guépards, et autres redoutables félins qu'il ne put identifier. Il y en avait bien, se dit-il, entre quarante et cinquante. La lumière jouait sur des centaines de mâchoires aux babines retroussées.

– Le voleur est entré par la fenêtre proche de la cheminée, est allé directement à l'endroit où B. J. gardait le coffret et s'en est emparé. Il n'a déplacé rien d'autre, ajouta Rosemary Vines. Donc il savait où chercher. (Et regardant Chee :) Vous sauriez?

Chee fit du regard le tour de la pièce. Rosemary Vines venait de dire que son mari collectionnait les souvenirs. C'était exact. La pièce en regorgeait. Le mur ouest, le seul où Vines n'avait pas exposé ses trophées de chasse, était couvert de photos et de diplômes encadrés. Vines debout à côté d'un tigre qu'il venait d'abattre. Vines au volant d'un canot à moteur. Vines brandissant un trophée. Vines minuscule auprès d'un énorme camion de minerai à la Red Deuce Mine. La large face à barbe grise de Vines souriant de toutes ses dents sous un casque de mineur. Son visage, plus jeune, et à la barbe noire, souriant du cockpit d'un avion. Chee se détourna de cette galerie Vines. Deux vitrines étaient remplies jusqu'au bord, l'une de trophées et de coupes, l'autre d'objets sculptés de bois ou de pierre. D'autres rayonnages, une table, toutes les surfaces planes étaient couvertes d'objets ayant sûrement valeur de souvenirs. Mme Vines, l'air amusé, observait Chee.

– Tous ces *objets d'art*, dit-elle non sans ironie, sont l'œuvre de mon mari. Comme vous le voyez, il a certains problèmes avec son moi.

– Le coffret ne serait pas dans le tiroir du bureau?

– Vous avez perdu, dit Mme Vines.

Elle se dirigea vers le mur ou se trouvait la cheminée et fit glisser la tête du plus petit des tigres. Un panneau métallique apparut, entrouvert, un coin légèrement tordu.

– Ils savaient où chercher, et ils savaient également qu'il leur fallait se munir d'un levier pour forcer le panneau, et c'est exactement ce qu'ils ont fait. Ils ne se sont même pas donné la peine de refermer le panneau, ou de remettre en place la tête du tigre.

Chee inspecta le panneau; il était monté sur de solides charnières et muni d'une serrure assez compliquée. Celui qui l'avait forcé avait dû glisser un levier entre le panneau et le cadre jusqu'à ce que la serrure cède. La porte était épaisse et lourde, mais pas assez, cependant, pour résister à la poussée. Chee ne s'en étonna pas. La porte paraissait plus solide qu'elle ne l'était en réalité.

– De quelle taille était le coffret?

– Il remplissait tout juste l'espace vide. B. J. l'avait fait faire sur mesure, dit encore Mme Vines. Et la serrure était à combinaison. Je ne demande qu'une chose, retrouver les voleurs et les avertir que s'ils ne restituent pas ce coffret – et tout ce qu'il contient – je les ferai emprisonner. (Elle se dirigea vers la porte et fit signe à Chee de passer le premier.) Vous pourrez leur dire également que si B. J., en rentrant chez lui, ne trouve pas le coffret, il leur jettera un sort.

– Quoi? s'exclama Chee.

– Les Navajos de la région le prennent pour un sorcier, dit Mme Vines, et elle se mit à rire.

– J'avais au contraire l'impression qu'il s'entendait bien avec le Peuple.

– Cela se passait il y a longtemps. Dillon Charley est mort et tous rapports avec les Navajos ont été rompus. En un an ou deux tous ceux qui travaillaient pour nous nous ont quittés. Cela fait maintenant des années que plus un seul des membres de votre Peuple ne figure sur nos feuilles de paye. Maria est une Acoma. La plupart de nos ouvriers agricoles sont des Lagunas ou des Acomas.

– Que s'est-il passé?

– Franchement, je l'ignore, avoua Mme Vines. Cela doit tenir à quelque chose qu'aurait fait B. J., mais j'ignore quoi. J'ai posé la question à Maria. Elle m'a répondu que les Navajos pensent que B. J. a le mauvais œil.

– Vous n'avez pas signalé le vol avec effraction au shérif?

– Bordo Sena ne peut absolument rien pour nous, affirma Mme Vines. B. J. s'est opposé à sa réélection, il y a bien des années, et s'y est efforcé depuis, à plusieurs reprises. Sena n'est pas un honnête homme et je tiens absolument à ce qu'il ne se mêle pas de cette affaire, de près ou de loin.

– Je vais être obligé, néanmoins, de signaler la chose, dit Chee. Je tiens à rester en bons termes avec le shérif. Nous exerçons les mêmes activités.

– A votre guise, fit Mme Vines. Il enverra un de ses sous-fifres, je déclarerai que je ne porte pas plainte, que je n'accuse personne et qu'il y a erreur.

Chee prit sur le canapé son feutre, encore humide.

– L'homme qu'il vous faut retrouver est le fils du vieux Dillon Charley. Il se nomme Emerson Charley et habite du côté de Grants. Il est venu ici à plusieurs reprises après la mort de son père et s'est violemment disputé avec B. J.

– A quel sujet?

– Je crois qu'il réclamait quelque chose qui se trouvait dans le coffret. Je lui ai entendu dire, un jour, que le bonheur de son Peuple dépendait de cet objet. Le vieux Dillon avait dit de même en riant, mais Emerson, lui, ne riait pas.

Chee, l'air pensif, faisait tourner son feutre entre ses mains.

– Encore deux questions, dit-il. Comment Emerson Charley a-t-il appris l'existence du coffret?

– Rien de plus simple, fit Rosemary Vines. Dillon en connaissait l'existence et l'emplacement car il s'entretenait souvent avec B. J. Je suis sûre qu'il en a parlé à son fils. Le rôle d'Emerson était de maintenir la secte absurde de son père. Quelle est l'autre question?

– Comment est mort Dillon Charley?

– Comment? répéta Mme Vines, surprise. (Puis, éclatant de rire :) Oh, je comprends à quoi vous pensez. Non, sa mort n'a rien eu de mystérieux. Il est mort d'un cancer. (Elle rit encore, puis reprit :) Voilà pourquoi sont gravées sur sa tombe ces lignes qui vous ont surpris. Il se sentait malade. Il est allé consulter à Albuquerque, et à son retour il a raconté à B. J. que le médecin lui avait déclaré qu'il était perdu. Il avait même ajouté que dans deux mois au plus, il serait « un bon Indien ». Rire de sa propre mort, fit Rosemary Vines avec une petite grimace expressive, c'était le genre de chose qui impressionnait profondément B. J. Et voilà pourquoi il a fait graver ses paroles sur sa tombe.

Et elle lui tendit une enveloppe.

– Il faut d'abord que j'en discute à mon bureau, dit Chee. Puis j'y réfléchirai et je vous donnerai ma réponse dans deux jours au plus tard. Il est possible que je vous rende cette enveloppe.

– Je suis sûre que vos supérieurs vous approuveront, dit Mme Vines. Je m'en étais assurée à l'avance.

– Je vous ferai signe, répéta Chee.

La vieille Indienne d'Acoma ouvrit à Chee la lourde porte d'entrée et la retint contre le vent qui soufflait en rafales. Il la salua de la tête avant de s'enfoncer dans la nuit.

– *Tenga cuidado*, lui dit la vieille femme.

La pensée vint à Chee tandis qu'il mettait non sans peine son moteur en marche que la vieille ne parlait sans doute pas le navajo, qu'il n'aurait pas compris son parler keresan, mais qu'il aurait été plus logique de sa part de dire : « Soyez prudent » en anglais, et non en espagnol, qu'il aurait pu ne pas comprendre. Puis la pensée lui vint également que Mme Vines ne parlait peut-être pas l'espagnol et que cette mise en garde ne concernait nullement le temps qu'il faisait.

CHAPITRE III

Le temps que Chee amorce prudemment la descente et pénètre dans Grants, la tempête s'était éloignée vers l'est. Elle laissait derrière elle une masse d'air inerte et il faisait maintenant dix degrés au-dessous de zéro. Une mince couche de neige, sèche et légère comme de la plume, recouvrait le sol. Chee fit un détour pour passer devant le bâtiment administratif du canton de Valencia, dans l'espoir que le mauvais état des routes inciterait les services du shérif à travailler plus tard qu'à l'habitude. Effectivement la lumière brillait encore dans ses bureaux.

Sauf à l'est, les nuages s'étaient dissipés et dans le ciel nocturne, dans l'air très pur, les étoiles brillaient de tout leur éclat. Chee s'attarda un moment à les contempler. Il chercha du regard les constellations d'automne, celles qui s'élèvent du sud à mesure que la Terre, à la fin de l'été, entre dans la Saison où le Tonnerre Dort. Chee ne connaissait pas les noms que donnent aux étoiles

les Grecs et les Romains, mais ceux que lui avait enseignés son grand-père. Il identifia la Femme Araignée (l'Aquarius des Romains) encore basse à l'horizon; et les Malicieux Garçons qui lancent le Silex bleu (Les Pléiades des Grecs) qui brillaient juste au-dessus du ciel encore noir d'orage. Au-dessus de sa tête il distingua Celui Qui Est Né de l'Eau, le plus sage des Héros jumeaux. Sur sa droite, entouré d'étoiles de moindre importance, étincelait le Héron bleu. Chee sentit le froid s'introduire sous son col et le long de son pantalon, et il se hâta de gagner le bâtiment bien chauffé.

Sur la troisième porte du hall on pouvait lire *LAWrence Sena, sherif du canton de Valencia. Entrez sans frapper.* Avoir écrit « LAW » c'est-à-dire « LOI » en capitale représentait un effort de Sena pour effacer l'insultant surnom de « Gordo » qu'on lui avait donné. « Gordo », c'est-à-dire imbibé de gin. Chee poussa la porte, espérant que Sena avait laissé un de ses adjoints assurer la permanence. Il n'avait rencontré le shérif qu'une seule fois, lors de la visite de courtoisie qu'il lui avait rendue après avoir été nommé à Crownpoint. Il avait jugé Sena dur, cinglant et arrogant, tout comme Mme Vines. De ces gens que leur fortune et leur pouvoir dispensent d'avoir du tact. Oui, voilà où cela conduit, d'avoir trop d'argent. L'uranium! Vines l'avait découvert et avait vendu ses droits pour une fortune et pour des intérêts dans l'immense mine à ciel ouvert de Red Deuce. La fortune des Sena leur était venue alors qu'ils tentaient péniblement de vivre des produits de leur ranch jusqu'au jour où ils avaient découvert qu'à vingt pieds sous les racines des cactus gisait un immense dépôt d'uranium.

Le shérif Sena se tenait dans le petit box aux parois de verre qui isolait le radio du reste du monde. Une femme d'âge mûr, des écouteurs aux oreilles, discutait avec un interlocuteur invisible de l'opportunité d'envoyer quelque part une dépanneuse. Un long moment s'écoula avant que Sena daigne remarquer Chee.

– Oui? fit-il. Que puis-je pour vous, sergent?

– Je viens signaler un vol avec effraction.

Le shérif Sena manifesta une ombre d'intérêt en haussant ses épais sourcils noirs d'une fraction de millimètre. Puis il leva sur Chee un regard vide de toute expression, dans l'attente d'une explication.

– Quelqu'un s'est introduit dans la demeure de B. J. et a dérobé un coffret, dit Chee. Un coffret qui ne contenait rien de vraiment précieux. Uniquement des souvenirs.

– Ah oui? fit Sena qui ne le quittait pas des yeux. Voilà qui est intéressant. Venez dans mon bureau. Je vais prendre mon crayon.

Le bureau du shérif était plus exigu encore que le box du radio. Tout juste assez grand pour contenir une table de travail, flanquée d'un côté d'un fauteuil pivotant et de l'autre d'une chaise de cuisine.

Sena installa son corps puissant dans le fauteuil

à pivot juste assez large pour le contenir et demanda :

– Le téléphone de Vines est en derangement? C'est pourquoi il ne m'a pas averti lui-même?

– Vines est absent, dit Chee. Sa femme m'a déclaré qu'elle ne s'était pas adressée à vous parce qu'elle ne voyait pas ce que la police pourrait faire.

– Ce que la police pourrait faire? répéta Sena. (Il ouvrit le tiroir de sa table et y prit un crayon muni à l'autre extrémité d'une gomme.) Elle vous a dit pourquoi?

– Parce qu'il n'existe pas le moindre indice.

– Asseyez-vous, dit Sena en indiquant la chaise de cuisine. (Les années et les intempéries avaient gravé sur le rond visage du shérif des milliers de petites rides fort expressives qui en cet instant exprimaient le scepticisme.) Elle ne vous a pas dit pourquoi ce vieux B. J. n'a pas besoin de mes services?

– Je crois me souvenir, dit Chee en souriant, qu'elle a laissé entendre que vous n'étiez pas les meilleurs des amis, vous et lui. Je ne me souviens pas exactement des mots qu'elle a employés.

– Comment se fait-il qu'elle vous ait parlé de ce vol avec effraction? Vous êtes un ami des Vines?

– Elle tient à s'assurer mes services pour récupérer ce coffret, dit Chee.

– Oh, et à nouveau les sourcils du shérif se haussèrent imperceptiblement, exprimant l'étonnement.

– Elle pense que le coupable est un Indien. Un Navajo. Que cela a quelque chose à faire avec la religion ou la sorcellerie. Quelque chose de ce genre.

– Alors, uniquement le coffret, fit Sena après avoir réfléchi un moment. Rien d'autre ne manque?

– C'est ce qu'elle m'a dit.

– Quelqu'un s'est peut-être imaginé que ce coffret contenait de l'argent, dit Sena.

– Probablement.

– Mais Mme Vines ne pense pas que ce soit aussi simple que ça.

C'était une affirmation et non une question, et Chee ne répondit pas.

Il regardait une photographie encadrée fixée au mur, derrière le shérif. Une scène de catastrophe, sans doute. Des tubes d'acier tordus, un camion brûlé sur le flanc. Une explosion, probablement. Un carton inséré dans un coin du cadre portait six noms tapés à la machine. Les victimes, probablement, et tous des Navajos, semblait-il. La photo était en noir et blanc, le verre et le carton poussiéreux. Sena glissa entre ses dents le côté gomme du crayon, se carra dans son fauteuil et interrogea Chee du regard. Il remua les mâchoires et le crayon se mit à remuer de haut en bas comme une antenne. Il le retira de sa bouche et demanda :

– Qu'a-t-elle encore dit?

Chee décrivit l'endroit où était dissimulé le coffret et comment le panneau avait été forcé.

– Rien d'autre ne manquait, répéta-t-il. Et les objets de prix sont nombreux dans la maison... et à portée de main. De l'argenterie. Des tapis. Des tableaux. Et qui valent beaucoup d'argent.

– Je veux bien le croire, fit Sena. Vines possède à lui tout seul plus d'argent que l'Arabie Saoudite tout entière. Que vous a-t-elle dit question religion?

Chee lui fit un bref résumé de ce que Mme Vines lui avait confié au sujet de l'intérêt que portait son mari à la secte de Dillon Charley : l'impression qu'elle en avait tirée qu'un des objets renfermés dans le coffret offrait de l'intérêt pour la dite secte, et enfin que seul Dillon Charley savait où était dissimulé le dit coffret.

– Mais Dillon Charley est mort depuis longtemps, fit observer Sena.

– Oui, mais Mme Vines m'a dit qu'il laissait un fils. Elle suppose qu'il a dû parler du coffret à son fils il y a des années et qu'il a décidé de s'en emparer.

– C'est ce qu'elle suppose?

– C'est en tout cas ce qu'elle m'a dit.

– Ce fils s'appelle Emerson Charley, dit Sena. Ça ne vous rappelle rien?

– Si. Mais je n'arrive pas à me rappeler quoi.

– Vous ne vous souvenez pas de cet attentat qui a eu lieu à Albuquerque au mois d'août. Quelqu'un a déposé une bombe dans un camion, tuant les deux chauffeurs du camion-remorque qui se disposait à l'enlever.

– Ah oui, ça me revient, dit Chee qui se

souvenait avoir lu quelque chose sur l'affaire, qui lui avait paru assez étrange. On a supposé, je crois, qu'on voulait atteindre un grand ponte de l'hôpital, pour une histoire de divorce ou Dieu sait quoi.

– Oui, c'est ce que la police d'Albuquerque semble penser, dit le shérif d'un ton sceptique.

– De toute façon, Mme Vines pense que le coffret est entre les mains d'Emerson. Et elle compte sur moi pour le récupérer.

– Emerson n'est pas en possession du coffret, affirma Sena. (Il se remit à mordiller la gomme de son crayon, son regard fixé sur Chee, mais ses pensées étaient ailleurs. Il soupira, secoua la tête, gratta d'un index épais la patte de lapin qui descendait sur sa joue gauche, puis reprit :) Emerson est à l'hôpital. A Albuquerque. S'il est encore en vie, bien entendu. La dernière fois que j'ai entendu parler de lui, il était en fichu état.

– Je ne le croyais pas atteint par l'explosion.

– Il était déjà malade avant. Il est entré au Centre de Recherches et de Traitements sur le Cancer. Oui, ce pauvre bougre se meurt d'un cancer. (Et avec un petit rire ironique :) La Police de l'Etat et le F.B.I. réunis n'arrivent pas à comprendre pourquoi on a voulu faire sauter un Navajo qui n'avait plus pour longtemps à vivre.

– Et vous, vous y comprenez quelque chose?

– Non, dit Sena, non, vraiment pas. (Entre ses doigts, le crayon continuait son mouvement de balancier. Ce fut d'un ton volontairement dégagé qu'il reprit :) Mme Vines vous a-t-elle parlé de ceux qu'on a coutume d'appeler le Peuple de l'Ombre?

– Elle y a fait allusion.

– Mais qu'en a-t-elle dit?

Et en dépit de ses efforts, le ton anxieux de Sena le trahissait.

– Pas grand-chose, dit Chee et il rapporta au shérif ce que lui avait appris Rosemary Vines sur l'intérêt que prenait son mari à l'« église » de Dillon Charley, à laquelle il apportait même un appui financier; comment il aidait à sortir de prison des membres de cette communauté arrêtés pour diverses raisons, et enfin comment il avait offert à Charley un objet pris dans le fameux coffret... un talisman, peut-être. Tandis qu'il lui rapportait ces paroles, Sena étouffa un bâillement, mais son regard restait attentif.

– Comme me l'a dit elle-même Mme Vines, conclut Chee, tout cela est assez vague.

Là-dessus, Sena bâilla encore.

– J'enverrai quelqu'un là-bas, sans doute dès demain, et j'obtiendrai tous les détails nécessaires. Inutile donc que vous perdiez votre temps. Vous n'aviez pas l'intention, je présume, de vous charger de cette affaire?

– Je n'ai encore rien décidé, dit Chee. Mais probablement pas.

– C'est ce que vous pouvez faire de mieux. Je vous l'ai dit le jour où vous êtes venu ici pour la première fois... la première semaine où vous avez remplacé le vieux Henri Becenti. Oui, comme je vous l'ai dit alors, cette question de juridiction peut devenir, si on n'y prend pas garde, un véritable casse-tête.

La police navajo n'ignorait rien de ces problèmes de juridiction. Dans la grande réserve elle-même qui occupait à elle seule un territoire supérieur à celui de la Nouvelle-Angleterre en bordure du Nouveau-Mexique, de l'Arizona et de l'Utah, la question était sans cesse soulevée. Pour une affaire criminelle, on faisait appel au F.B.I. Mais si l'accusé n'était pas un Navajo. cela posait de nouveaux problèmes. L'affaire incombait alors à la Police d'Etat du Nouveau-Mexique, de l'Utah ou de l'Arizona, ou encore à la section du Bureau des Affaires indiennes chargée de faire respecter la Loi et l'Ordre. La situation se compliquait encore sur la frange sud-ouest de la Réserve. En 1880, le Gouvernement avait acquis une bande de terres de quelque quatre-vingt-dix kilomètres de large pour assurer l'extension vers l'Ouest du chemin de fer qui allait relier l'Atlantique au Pacifique. Le Peuple navajo avait peu à peu racheté une partie des terres ainsi arrachées au pays de ses ancêtres, mais en bien des points subsistaient des titres de propriété en damier, ce qui ne facilitait pas les choses.

– Pour tout vous dire, Becenti et moi nous sommes heurtés à pas mal de difficultés lorsque nous sommes arrivés à Crownpoint. Le Conseil tribal venait de faire passer une loi déclarant illégal l'usage du peyotl, cette drogue hallucinogène, loi durement ressentie par la secte qui en fait usage. Mais vous êtes sans doute trop jeune pour vous en souvenir.

– J'en ai entendu parler, assura Chee.

– Le vieil Henry s'est passionné pour cette affaire. Sa chasse aux chefs qui encourageaient l'usage du peyotl lui a fait oublier les limites de la Réserve, et il a pénétré dans mon territoire. Pour finir, certains de mes hommes ont arrêté certains des siens. La situation devenait impossible. D'un commun accord, nous avons décidé de ne plus empiéter sur nos domaines respectifs.

Tout en parlant, Sena ne quittait pas des yeux Chee, comme pour bien s'assurer qu'il avait compris la leçon.

– J'aurais cru que faire respecter la loi interdisant l'usage du peyotl concernait directement le lieutenant Becenti, fit observer Chee.

– En temps normal, oui. Mais nous nous trouvions devant un tout autre problème et Henry embrouillait tout. (Et écartant le conflit d'un geste de la main :) C'est alors que nous avons décidé de collaborer. Je me suis engagé à prévenir Henry s'il s'agissait d'un territoire navajo afin d'en fixer les limites et il ferait de même s'il avait l'impression d'empiéter sur mon propre territoire. C'est ainsi que nous sommes parvenus à un accord.

Sena remit son crayon entre ses dents, se renversa en arrière et interrogea Chee du regard pour voir s'il avait compris l'avertissement.

– Question de bon sens, dit simplement Chee.

– Oui, question de bon sens, répéta Sena. (Il repoussa son fauteuil à pivot, s'en arracha non sans peine.) La journée a été longue. Il suffit qu'il tombe quelques flocons pour que ces foutus Texans se ruent sur la N 40 comme s'ils n'avaient jamais vu de neige de leur vie. Ils dérapent et nous sommes obligés de leur porter secours de Gallup à Albuquerque.

Sena fit le tour de sa table de travail avec cette agilité que montrent parfois les gros et entraîna Chee vers la sortie.

– Oui, je crois que vous faites preuve de sagesse en ne vous chargeant pas de cette affaire. Nous répondrons nous-mêmes, pour Mme Vines, à ce simple petit cambriolage, pour lui montrer comment nous nous y prenons... Elle ne vous a rien dit de particulier au sujet de Dillon Charley? Vraiment rien?

Et encore une fois il parlait d'un ton délibérément détaché.

– Rien de plus que ce que je vous ai rapporté.

– Vous savez sans doute qu'ils ont enterré le vieux Dillon à deux pas de leur maison. Ça m'a toujours paru curieux.

Comme Chee ne répondait pas, Sena le saisit par le coude.

– Elle ne vous a pas dit pourquoi ils ont fait ça?

– Non, dit Chee. Elle m'a simplement raconté que le vieil homme avait eu le courage de plaisanter lorsque le docteur lui avait appris qu'il ne lui restait que peu de temps à vivre.

– Non. Au sujet du cambriolage. Vous croyez qu'elle vous a dit tout ce qu'elle savait?

– Rares sont ceux qui le font.

– Oui, dit Sena, l'air pensif. C'est ce que j'ai toujours pensé. (Et lâchant le coude de Chee :) Vous voilà prévenu. A vous de faire attention.

CHAPITRE IV

Jimmy Chee, les talons de ses bottes posés sur le bord de sa corbeille à papier et les doigts croisés derrière la tête, regardait s'activer l'officier de police Trixie Dodge, qui, comme elle le lui avait déjà dit une fois, avait un travail à finir.

– Soyez chic, Trixie. Réfléchissez. Que peut-il bien y avoir dans ce coffret? Pourquoi la vieille Vines tient-elle tellement à le récupérer? Et pourquoi le vieux Gordo Sena est-il si chatouilleux à ce sujet?

L'agente Dodge sortait des documents officiels de son propre casier pour les transférer dans un classeur cartonné. Ces papiers devaient être remis le matin même au Bureau traitant des Affaires indiennes de Gallup. Et le temps pressait.

– Comment diable voudriez-vous que je le sache? dit-elle.

– Avez-vous jamais entendu parler du Peuple de l'Ombre?

– Jamais, fit Trixie. J'ai entendu parler des

taupes. J'ai entendu parler de l' « église » peyotl. J'ai même un cousin qui en fait partie. (L'agente Dodge mit les derniers papiers dans le classeur, puis se dirigea vers la porte.) Et je n'ai jamais entendu parler de gens qui se traitent eux-mêmes de taupes.

– Cela fait peut-être allusion à une amulette ou à un fétiche... enfin quelque chose de ce genre, fit observer Chee.

– Une taupe! répéta l'agente Dodge d'un ton incrédule. Je me demande bien quels Navajos prendraient une taupe pour amulette.

Et sans attendre la réponse elle sortit du bureau.

Quelle sorte de Navajos prendraient une taupe pour fétiche? La taupe est un prédateur dans la mythologie navajo, mais infiniment moins puissant et moins populaire que ses redoutables cousins... l'ours, le blaireau, le puma et d'autres encore. Dans le petit sac d'herbes et de médicaments que portait Chee, attaché par une lanière à l'intérieur de son pantalon, figurait un minuscule blaireau. De la taille d'un pouce, et taillé dans la stéatite, il le tenait de son père. Mais encore une fois, pourquoi la taupe? Une seule explication. C'est le prédateur du nadir, le symbole du monde obscur et souterrain qui donne accès à l'étrange et sombre royaume d'où les Dinee se sont élevés dans leur évolution vers leur forme humaine. Mais comparée à l'ours, à l'aigle, son pouvoir est limité et elle ne joue qu'un rôle secondaire dans les rites et le cérémonial. Alors encore une fois pourquoi la taupe? L'explication qui vint à l'esprit de Chee était la seule valable. Les puits à pétrole étaient creusés en direction du nadir, c'est-à-dire dans le domaine de la taupe.

Chee détacha ses mains de sa nuque et reposa ses pieds sous son bureau. Il avait des rapports à terminer, mais arrivé à la moitié du premier, il s'aperçut qu'il avait l'esprit obsédé par Rosemary Vines, cette femme nerveuse et tendue qui lui offrait trois mille dollars pour récupérer un coffret plein de souvenirs, et par les questions pressantes et insistantes que lui posait Gordo Sena. Une femme arrogante qui s'imaginait pouvoir l'acheter et un autocrate qui pensait pouvoir le bluffer. Qu'était-ce donc qui rendait ce cambriolage si important à leurs yeux?

Chee prit l'annuaire téléphonique d'Albuquerque. Il y trouva le numéro qu'il cherchait et appela le Centre médical du Canton de Bernalillo. Après avoir passé par deux personnes il eut enfin au bout du fil une des infirmières du Centre de Recherches et de Traitements du Cancer.

– Désolée, dit-elle. Le malade ne peut recevoir aucune visite.

– Nous enquêtons au sujet d'un crime, dit Chee. M. Charley est le seul à pouvoir nous donner les informations qui nous sont nécessaires. Je n'aurais que deux ou trois brèves questions à lui poser.

– M. Charley n'est pas conscient, dit l'infirmière. Il est sous sédatif et son état est des plus critiques.

– Cela ne prendrait que quelques secondes. Je pourrais m'installer à son chevet et attendre qu'il reprenne conscience.

– Je crains que ça ne se produise pas, dit l'infirmière. Il se meurt.

Chee réfléchit un instant et comprit à quel point la question qu'il allait poser semblerait absurde.

– L'hôpital peut-il confirmer qu'Emerson Charley n'a pas quitté l'hôpital depuis mardi passé?

– Nous pouvons vous affirmer que M. Charley n'a pas quitté sa chambre depuis un mois. On l'alimente par intraveineuses et il est beaucoup trop faible pour se déplacer, dit l'infirmière d'un ton cette fois nettement désapprobateur.

– Dans ce cas, dit Chee, j'ai besoin du nom de son plus proche parent.

Il l'obtint à l'état civil et le nota sur son bloc. Thomas Charley, Route Rurale 2, Grants. Pas de téléphone. Un fils, le petit-fils de Dillon Charley. Que saurait Thomas d'un événement qui s'était déroulé avant sa naissance? Peu de chose, probablement. Ou peut-être même rien.

Dans ce cas qui pourrait le renseigner?

Mais à une question au moins Chee serait en mesure de trouver une réponse. Qu'était-ce donc qui avait dressé l'un contre l'autre le shérif Sena et Henry Becenti? A ce moment, Chee déciderait s'il tenait ou non à toucher les trois mille dollars de Mme Vines.

CHAPITRE V

– Ce sont des choses qui vous marquent, dit Henry Becenti. Des choses qu'on peut pas oublier. Pensez que six hommes y ont perdu la vie. Mais que diable, ça se passait en 47 ou en 48, alors ça fait quand même un bout de temps.

– Je me rappelle vaguement en avoir entendu parler, dit Chee. Mais c'était bien avant mon temps.

– C'était une petite équipe, lui rappela Becenti. Ils essayaient d'extraire du pétrole au nord-est du Mont Taylor, et puis y a eu une explosion qu'a balayé toute l'équipe. C'est à ce moment-là que le vieux Gordo et moi on s'est empoignés.

– Ce n'était qu'un accident?

– Ouais, fit Becenti. Vous connaissez quelque chose au forage des puits? Ben, celui-là, c'était un puits sec. Pas la moindre goutte de pétrole. Alors ils ont décidé de le faire exploser. L'idée était de faire sauter le cuvelage. (Tout en parlant Becenti regardait Chee pour s'assurer qu'il suivait.) On fait descendre un tube de nitroglycérine au niveau qui paraît le plus indiqué et on y met le feu. Comme je vous disais, le but c'est de faire sauter le cuvelage du puits et les roches qui l'entourent avec l'espoir que le pétrole va se mettre à couler. Mais la nitro a explosé plus tôt que prévu et l'équipe tout entière a été décimée. On a retrouvé un peu partout les corps déchiquetés des hommes.

Et Becenti secoua la tête comme pour écarter l'horrible vision qui l'obsédait.

– Mais puisqu'il s'agissait d'un accident, pourquoi Sena a-t-il pris la chose tellement à cœur? demanda Chee.

– Le frère aîné de Sena faisait partie de l'équipe. Il était même chef foreur. Et Sena, ça l'a rendu comme fou.

Becenti prit une cigarette dans son paquet, le tendit à Chee qui refusa, puis se mit à fumer d'un air pensif, laissant errer son regard sur le Mont Taylor. Le soleil avait déjà disparu à l'horizon, mais le sommet de la montagne, que les Navajos ont baptisée la Turquoise parce qu'elle flotte dans une sorte de brume bleue, recevait encore ses derniers rayons.

Que cet endroit est beau, se dit Chee. Et dire que sur l'autre versant de la montagne se trouve la demeure de B. J. Vines, dont la femme s'est mis dans la tête que le vol du coffret est d'une extrême gravité, qu'il est sans doute lié à une histoire de sorcellerie.

– Les deux premiers jours, reprit Becenti, nous

pensions que douze hommes avaient été tués. C'était difficile d'évaluer les pertes avec exactitude, parce qu'à ce moment-là, au contraire de maintenant, personne n'habitait le coin à des lieues à la ronde. Ceux qui avaient entendu l'explosion habitaient loin et ils ne se sont pas dérangés pour aller voir. Il arrivait à l'équipe de rester sur place plusieurs jours de suite et personne ne s'est inquiété avant le week-end. A ce moment, Gordo, accompagné de quelques hommes, est allé voir ce qui se passait.

Becenti inhala une profonde bouffée de cigarette et l'exhala lentement dans l'air immobile. Vu de profil, il était sans âge, mais ses yeux qui avaient vu, pendant plus de quarante ans, des ivrognes s'abêtir, des hommes se battre au couteau, laissant des morts derrière eux, des camions trop lourdement chargés dévaler dans un ravin... ses yeux étaient vieux.

– Si je ne me trompe, l'explosion s'est produite un vendredi. Gordo est arrivé sur les lieux le lundi. Buzzards et coyotes avaient passé par là, arrachant aux corps épars des lambeaux de chair. (Et à nouveau Becenti interrogea Chee du regard pour s'assurer qu'il comprenait tout ce qu'impliquaient ces simples mots.) Une chose était sûre, son frère faisait partie de l'équipe, mais Gordo n'est pas arrivé à identifier son corps avec certitude. Puis un des hommes qu'on croyait figurer parmi les victimes a reparu à Grants. On a découvert alors que six manœuvres qui travaillaient également sur le chantier et qu'on tenait pour morts étaient bien vivants.

Becenti détacha son regard de la montagne et le reporta sur Chee.

– Ils avaient été prévenus de ne pas aller travailler ce jour-là.

– Mais c'était un accident, fit Chee pesant ses mots. Qui pouvait savoir ce qui allait se passer?

– Le contremaître était un « prêtre » peyotl. Il présidait un service lorsqu'il a eu une vision. Dieu lui a prédit que quelque chose de grave allait arriver au puits.

– Et il a averti son équipe?

– Exactement, dit Becenti. Lorsque Sena a appris la chose, il est devenu comme fou. Il ne croyait pas aux visions. Il a vu là un complot ourdi pour tuer son frère.

– Ma foi, je le comprends, dit Chee.

– Quoi qu'il en soit, Sena a fait arrêter trois membres de cette église, et les a fait enfermer à Grants. Mais il recherchait leur chef à tous. Je le recherchais également pour usage illégal de peyotl. C'est un de mes hommes qui l'a découvert le premier et il était déjà sous les verrous lorsqu'un adjoint du shérif est venu l'arrêter. (Le visage de Becenti s'illumina d'un sourire.) Qu'est-ce qu'on a pu discuter pour savoir qui avait le plus de droits sur lui! Appartenait-il à la Réserve; à la juridiction du canton où il vivait; à l'endroit où se trouvait le puits de pétrole? Ce puits ne se trouvait pas en territoire navajo, alors pour finir je l'ai abandonné à Sena.

Becenti inhala, puis exhala une profonde bouffée de sa cigarette, les yeux fixés sur le versant de la montagne que le soleil couchant colorait de rose. Chee ne disait mot. En vrai Navajo, si Becenti avait encore quelque chose à dire, il le dirait. Inutile de le presser.

– Pour finir, il n'est rien sorti de tout ça, reprit Becenti, du moins en ce qui concernait Sena. Le prêtre peyotl s'en est tenu à son histoire; personne ne pouvait imaginer qu'on aurait pu faire sauter volontairement ces malheureux, et finalement Sena l'a remis en liberté. Mais pour nous, il en est quand même sorti quelque chose. Le Conseil désirait qu'on mette fin à cette « église » peyotl. Alors on s'est mis à arrêter tous ceux qu'on trouvait porteurs de cette drogue. Mais le bruit s'est répandu que le « prêtre » avait sauvé la vie des autres, et leur congrégation n'a cessé de s'accroître.

– Et vous n'avez pas cessé de les arrêter?

– On a essayé, fit Becenti. Mais ils changeaient constamment de lieu de réunion. Tantôt un endroit, tantôt un autre. (Et Becenti se remit à rire.) Ils gardaient bien leurs secrets. Leurs chefs ont pris la taupe pour amulette et ils se sont baptisés eux-mêmes le Peuple de l'Ombre.

Et Becenti prononça le mot navajo que Mme Vines avait utilisé.

– Le chef peyotl était un Navajo du nom de Dillon Charley?

– Exact, fit Becenti. C'était le chef de la congrégation et c'est lui qui a eu une vision.

– Est-ce que B. J. Vines a été mêlé à cette affaire de puits de pétrole?

– Non, dit Becenti. Il est arrivé dans le pays bien après. Mais par Dieu (et Becenti frappa du poing dans la paume de sa main) Vines et Charley se sont bien connus. Charley travaillait pour lui. Mais après l'explosion Sena s'est mis à haïr Charley et par la suite à haïr Vines aussi. (Et lançant un regard à Chee :) Que savez-vous de Vines?

– Rien de plus que ce que j'ai entendu dire. Qu'il est arrivé sans le sou au moment de la découverte de l'uranium. Oui, il a dégoté un immense gisement à la section 17 et il a vendu ses droits à Anaconda pour dix millions de dollars et un pourcentage sur la vente du minerai. Maintenant, chaque fois qu'un camion de ce minerai sort de la mine Red Deuce, il devient un peu plus riche. Il possède plus d'argent, à lui tout seul, que le Gouvernement des Etats-Unis. C'est un grand chasseur, il pilote son propre avion, et tout à l'avenant... Et comment Charley est-il entré en rapport avec Vines? demanda Chee.

– Des histoires de politique. Il s'est mis à travailler pour Vines contre Sena et lui a apporté les voix des Navajos, des Lagunas et des Aconas. Grâce à l'argent de Vines probablement. Par la suite il a travaillé au ranch de Vines. Il est mort ça fait pas mal d'années.

– Et qu'est-il arrivé au Peuple de l'Ombre?

– Y a longtemps que j'ai pas entendu parler d'eux, dit Becenti. Mais leur église est toujours bien vivante. Vous vous rappelez peut-être que les tribunaux ont déclaré que le peyotl était un sacrement et que ses adeptes avaient le droit d'en user. Le fils de Charley – Emerson, si je ne me trompe – a succédé à Dillon à la mort de celui-ci. Et le fils d'Emerson est le chef de la congrégation peyotl depuis qu'Emerson est malade.

– Thomas Charley?

– Ouais. Un vrai fils de pute, celui-là, et complètement cinglé. D'ailleurs tous les Charley étaient cinglés, mais le plus jeune est le pire. Or il est le chef peyotl de l'Eglise américaine indigène et par-dessus le marché il opère des guérisons pour le Peuple de l'Ombre.

– Comment ça se fait-il? demanda Chee.

– Un de ses oncles paternels était un *yataali,* dit Becenti. Un chic type. Il a enseigné à Thomas le Chemin de la Bénédiction et le gosse s'en sert à l'occasion. Mais la plupart des fidèles préféreraient avoir quelqu'un d'autre à leur tête.

– Pourquoi dites-vous qu'il est cinglé?

Becenti se mit à rire et haussa les épaules.

– Je pense qu'il a sucé trop de bourgeons de peyotl Il en a le cerveau embrumé. C'est comme ça qu'il a des visions. Il affirme qu'il s'entretient avec Dieu. Ce petit crétin! Il s'est rappliqué, l'an passé, et nous a déclaré que Jésus lui-même lui avait annoncé qu'il y aurait une terrible sécheresse et qu'il fallait avertir tout le monde de faire des provisions. Et puis cet automne, il nous a affirmé qu'un sorcier avait jeté un sort à son père, d'où sa maladie. Son père, c'est Emerson Charley.

– C'est vrai qu'il y a eu une sécheresse de tous les diables. Et c'est vrai aussi que son père est mourant.

– Il y a toujours la sécheresse à cette saison, dit Becenti, et son père est atteint d'un cancer. Du moins c'est ce que j'ai entendu dire. Je ne savais pas qu'il se mourait. (Becenti réfléchit un instant, puis reprit :) Personne ne lui a jeté un sort. Ils sont tous cancéreux, dans la famille, de père en fils, et tous cinglés. C'est du cancer qu'est mort son grand-père, à ce qu'il me semble.

– Dillon Charley? Oui. C'est ce que m'a dit Mme Vines.

Becenti parut mal à l'aise. Il était assez vieux pour respecter la tradition du Peuple qui veut qu'on ne prononce jamais le nom d'un mort. Le fantôme pourrait vous entendre et venir vous tourmenter.

– Vous saviez que Vines avait fait enterrer Charley tout près de sa maison?

– Oui, je l'ai entendu dire. Les Blancs ont vraiment des coutumes bien bizarres.

Particulièrement leurs coutumes funéraires, se dit Chee. Il avait passé de nombreuses années parmi les Blancs, d'abord au collège puis assez longtemps à l'Université du Nouveau-Mexique pour obtenir une licence d'anthropologie, mais l'attitude des Blancs envers leurs morts le déconcertait.

– Vous ne savez vraiment pas pourquoi Vines a tenu à enterrer Dillon comme il l'a fait?

– Ma foi non!

– Ce Thomas Charley, reprit Chee. Vous dites qu'il est cinglé. Le serait-il assez pour pénétrer par effraction chez les Vines et voler un coffret qui contient uniquement des souvenirs?

Becenti enleva sa cigarette d'entre ses lèvres et regarda Chee.

– Il s'est passé quelque chose de ce genre! Je me demande bien pourquoi il aurait envie de voler un truc pareil. Vines et sa femme sont de grands chasseurs. Et à mon avis ni l'un ni l'autre n'hésiteraient à tirer si quelqu'un s'introduisait chez eux.

– J'ai entendu dire que le grand-père de Thomas pensait que Vines gardait dans ce coffret le fétiche du Peuple de l'Ombre. Thomas en a peut-être entendu parler.

– Alors, dans ce cas, oui, fit Becenti en hochant la tête. Ce gosse serait assez fou pour pénétrer dans une maison pour s'emparer de ce talisman, avec l'idée qu'il lui porterait bonheur.

CHAPITRE VI

Le lendemain matin, trois fiches enfilées sur une pointe métallique, et dont la couleur rose signifiait « En votre absence », l'attendaient sur son bureau. L'une le priait d'appeler le capitaine Leaphorn, au poste de police de Chinle. Les deux autres, l'une parvenue la veille et l'autre juste avant son arrivée, le priaient d'appeler B. J. Vines. Il les mit de côté et appela le poste de police de Chinle. Il s'agissait pour Leaphorn d'identifier un Navajo plutôt âgé, victime sur la route d'un camion qui l'avait tué sur le coup. Le capitaine demandait qu'on envoie quelqu'un à Thoreau où la victime devait avoir de la famille. Chee passa l'affaire à l'agente Dodge, puis il prit les deux autres fiches « Prière d'appeler B. J. Vines » et les examina. Toutes deux portaient les initiales « T. D. ». Trixie Dodge s'activait à sa table et n'avait pas l'air de très bonne humeur. Mais

Trixie aurait dû écrire sur la fiche « Prière d'appeler Mme B. J. Vines », car son mari ne devait pas rentrer chez lui avant plusieurs semaines.

– Dites donc, Trixie, dit-il, vous avez écrit sur les fiches « appeler Vines ». C'est pas plutôt Mme Vines qui a téléphoné?

– « Vines », répéta Trixie sans lever les yeux.

– Mme Vines, dit Chee, insistant.

– C'est un homme qui a appelé. Et il m'a dit s'appeler B. J. Vines. Il a demandé à vous parler : il vous prie de l'appeler au numéro que j'ai inscrit, fit Trixie, excédée.

Chee forma le numéro indiqué. La sonnerie ne retentit qu'une fois.

– Oui, fit une voix d'homme.

– Ici Jim Chee de la Police tribale navajo. J'ai trouvé à mon arrivée au bureau une fiche me priant d'appeler B. J. Vines.

– Ah, parfaitement. Vines à l'appareil. J'aimerais m'entretenir avec vous de ce petit vol dont nous avons été victimes. Pourriez-vous passer me voir?

– A quel moment?

– Ma foi, le plus tôt sera le mieux. J'ai appris que ma femme vous en avait parlé et... (Ici, un petit rire nerveux)... et il y a eu un petit malentendu que je désire dissiper. (Et d'un ton franchement ironique :) Cela arrive souvent quand Rosemary s'occupe de quelque chose.

– Bon, dit Chee. Je viendrai après déjeuner.

– Parfait, dit Vines. Et merci.

Chee effaça de la liste de Trixie Dodge le rendez-vous de Thoreau. C'était sur son chemin. Il s'en occuperait lui-même.

CHAPITRE VII

La vieille Indienne pueblo qui répondit à son coup de sonnette conduisit Chee à la salle des trophées sans paraître le reconnaître. Un homme était installé au bureau recouvert d'une plaque de verre. Un homme de petite taille, au visage rond, rendu plus rond encore par l'abondante barbe grise qui l'encadrait. Il se leva, tendit à Chee une main petite et dure et dit :

– Ben Vines... Asseyez-vous, je vous prie.

Chee s'assit, Vines en fit autant. La pièce semblait plus accueillante et plus gaie que le jour où Mme Vines l'y avait reçu. Les rayons obliques d'un soleil d'automne allumaient des reflets dans les yeux de verre et les dents d'ivoire des félins. La lionne elle-même semblait sourire. Et Vines en faisait autant.

– D'après ce que j'ai compris, ma femme m'a raconté que nous avions été victimes d'un cambriolage et qu'elle s'était assurée vos services pour en découvrir l'auteur.

– Elle me l'a proposé, rectifia Chee.

– Voilà qui est très embarrassant, déclara Vines. (Mais Chee remarqua que son visage encadré de son épaisse barbe grise n'exprimait pas le moindre embarras.) A mon avis, aucun crime n'a été commis qui mérite d'être élucidé.

– Vraiment?

– Vraiment. (Et Vines se mit à rire.) Ma femme a parfois des réactions imprévisibles. Très nerveuse, elle a tendance à embrouiller les choses.

– Apprendre que quelqu'un s'est introduit dans votre maison pour forcer un coffre-fort mural, ça a de quoi vous rendre nerveux, fit observer Chee.

– Tout dépend de la personne qui l'a forcé, riposta Vines. (Il pivota dans son fauteuil, laissa errer son regard par la fenêtre, puis revint à Chee.) Ce coffre-fort, vous savez où il se trouve?

– Oui, derrière votre tête, fit Chee en indiquant la tête de tigre.

Vines se leva et se dirigea non sans peine vers le mur. Il assura son équilibre, décrocha la tête de tigre de son support et la laissa tomber sur le tapis. La porte du coffre-fort s'ouvrit d'elle-même sur ses gonds bien graissés. L'intérieur était sombre et vide. Vines l'examina, l'air pensif. Il sortit de sa poche un paquet de cigarettes, en alluma une. A ses pieds la tête du tigre semblait sourire aux anges.

– Rosemary et moi ne nous sommes pas mariés jeunes, dit Vines. Nous avions chacun une vie bien à nous et nous entendions continuer à rester des personnes privées, aussi bien que mari et femme. Nous avions gardé nos amis respectifs et nos souvenirs respectifs. Oui, tous deux. Mais séparément.

Vines était resté tourné vers le coffre-fort. Il fit face à Chee. Un mince ruban de fumée sortait d'entre ses lèvres et traversait ses moustaches comme une brume grise. Chee s'aperçut alors que le côté gauche de son visage était déformé. Le coin de sa bouche et le contour de son œil gauche tombaient.

– Pour ouvrir ce coffre-fort, il faut avoir une clé et connaître la combinaison de la serrure, reprit Vines. Rosemary n'a ni l'une ni l'autre. Par contre, j'ai une boîte à outils aux écuries, et il s'y trouve un levier. (Vines referma la porte du coffre.) Vous aurez sans doute remarqué que ce coffre mural, comme beaucoup de coffres de ce genre, n'est nullement construit comme un coffre de banque. Il peut tout au plus offrir une certaine résistance si on cherche à le forcer. Il suffit de prendre un levier, de le glisser sous la porte et on arrive aisément à faire sauter la serrure. Voyez plutôt.

Ce que fit Chee. Il remarqua alors, comme il l'avait fait la première fois, que la porte du coffre avait été forcée, que l'outil employé avait laissé des marques et que le coin de la porte était légèrement recourbé. Et une fois de plus, cela lui sembla curieux. La porte était massive. A moins qu'elle fût faite d'un mauvais métal, il aurait fallu une force singulière pour la forcer, même à l'aide d'un levier. Chee chercha une marque de fabrique et n'en trouva pas.

– Je crois que vous devriez vous faire rembourser cette porte, fit-il observer.

– Je suppose qu'elle n'est plus sous garantie, répondit Vines en souriant. Ce coffre, je l'ai fait faire et installer et je ne pense pas qu'ils aient utilisé un très bon matériel.

– Qui vous l'a fait?

– Je ne m'en souviens pas. Une entreprise d'Albuquerque. Je l'ai commandé au moment où j'ai fait construire la maison, il y a une trentaine d'années. (Il referma la porte du coffre, puis reprit :) Le fait est que, comme je vous l'ai dit, Rosemary n'a pas la clé du coffre mural, mais par contre elle possède celle du coffre à outils. Le levier n'y était plus. Je l'ai trouvé dans son armoire.

– Tiens! fit Chee.

Vines haussa les épaules et fit la grimace.

– Il ne me reste plus qu'à m'excuser auprès de vous. Et à vous dédommager de votre peine. Vous êtes venu ici à deux reprises. Estimez-vous que deux cents dollars soient suffisants?

Le regard de Chee alla de Vines au tigre au sourire rusé. Il évoqua le coin tordu de la porte du coffre, et ce que lui avait dit Mme Vines. Entre autres choses, que B. J. Vines était toujours à l'hôpital. De toute façon, ses dérangements ne valaient pas deux cents dollars. Vines l'observait sans mot dire. En fait, il venait de lui déclarer que le vol était une affaire de famille, ce qui signifiait qu'en réalité il n'y avait pas eu délit, et que cette affaire ne concernait pas Chee. Poser une question serait faire preuve d'impertinence. Il demanda neanmoins :

– Est-ce que Mme Vines détenait le coffret?

Vines digéra cette impertinence, sans quitter Chee du regard. Il soupira puis dit enfin :

– Je n'en sais rien. Peut-être l'avait-elle. Peut-être en a-t-elle disposé. Peu importe, d'ailleurs. Elle a dû vous dire que ce coffret ne contenait en réalité pas grand-chose. Des objets, des souvenirs qui me rappelaient le passé. Sans valeur pour d'autres que pour moi. Et qui, même à moi, me sont devenus indifférents.

Vines tendit à Chee le chèque qu'il tenait entre deux doigts.

– Vous avez, paraît-il, signalé le cambriolage au shérif. Evidemment, vous ne pouviez pas faire autrement. Ce vieux Gordo est venu hier et il a posé des tas de questions. Que lui avez-vous dit exactement?

– Ce que Mme Vines m'avait appris.

Vines s'approcha de Chee et glissa le chèque dans la poche de sa chemise.

– Ce n'est pas nécessaire, dit Chee. Je ne suis même pas sûr d'avoir le droit d'accepter.

– Prenez-le toujours. Rosemary et moi serons soulagés. Et si vos chefs s'y opposent, déchirez-le. Je me demande si vous avez remarqué à quel point notre shérif s'intéresse à mes affaires.

Et Vines en disant cela retourna péniblement à son fauteuil.

– Oui, je l'ai remarqué.

– Il vous a posé beaucoup de questions?

– Ouais, fit Chee.

Vines attendit la suite, mais comme rien ne venait il reprit :

– Gordo m'a longuement questionné sur le Peuple de l'Ombre. Vous lui auriez dit, à ce que j'ai compris, que Rosemary soupçonnait un des Charley de s'être emparé du coffret.

– C'est exact, reconnut Chee.

Vines fit une nouvelle pause, poussa un autre soupir.

– J'ai eu beaucoup d'ennuis avec Gordo Sena, dit-il. Cela se passait il y a des années, et je croyais en avoir fini avec lui.

Il éteignit sa cigarette et s'approcha de la fenêtre. Au-dessus de sa tête, Chee put admirer le versant est du Mont Taylor. A cette altitude, c'était une zone de transition qui allait du pin au sapin, puis de l'épicéa au tremble. Le sol, sous les trembles, disparaissait sous une épaisse couche de feuilles tombées que les rayons obliques du soleil transformaient en un véritable tapis d'or.

– Cela se passait au début des années 50, reprit Vines. J'ai découvert le gisement d'uranium que la mine Red Deuce exploite actuellement. J'ai acheté les terres que vous voyez et j'ai engagé un Navajo, un certain Dillon Charley, en qualité de contremaître pour diriger les travaux. Je l'ignorais à l'époque, mais Gordo avait une dent contre Charley et contre la congregation d'Indiens dont Dillon était le chef. (Vines se tourna vers Chee, sa barbe argentée par la lumière qui coulait à flots de la fenêtre grande ouverte. Et sans quitter Chee du regard, il ajouta :) C'était une église peyotl. Or à cette époque, la loi tribale avait condamné l'usage de cette drogue.

- Oui, cela je le sais, dit Chee.

– Sena s'en est pris à eux. Il les faisait arrêter; il les rouait de coups. C'est alors que j'ai pris les choses en main. Je me suis assuré les services d'un avocat de Grants pour les faire libérer, pour signaler au Département de la Justice de flagrantes violations des droits civils, et finalement j'ai soutenu avec mon argent un candidat et Sena n'a pas été réélu au terme suivant. Pendant des années, les rapports ont été des plus tendus entre Sena et moi. Les choses semblaient s'être calmées au cours des dernières années. Je me demande s'il désire ranimer le feu qui s'était éteint. C'est pourquoi je désirerais savoir quel genre de questions il vous a posé.

– Il m'a demandé pour quelle raison votre femme avait fait appel à mes services, dit Chee, et il fit à Vines un bref résumé des questions que lui avait posées Sena.

– Que pensez-vous de cette affaire du puits de pétrole? demanda Vines. Sena vous en a-t-il parlé? Et vous a-t-il dit pourquoi il haïssait le vieux Dillon Charley?

– Non, il ne m'en a pas parlé, dit Chee. Mais j'ai cru comprendre qu'il trouvait curieux que Dillon Charley ait reçu un avertissement du ciel.

– En somme, vous ne croyez pas aux visions, dit Vines, et Chee eut l'impression que sous sa barbe il souriait, mais il n'en aurait pas juré.

– Ça dépend, dit-il. Mais une chose est certaine, je ne crois pas aux assassinats sans motifs. Or il ne semble pas qu'on en ait trouvé à l'explosion.

– On a avancé une ou deux théories.

– C'est-à-dire?...

– Vous connaissez Sena. Il ne semble pas avoir une idée très précise, mais il inclinerait à penser que Dillon Charley n'était qu'un des éléments d'une véritable conspiration. D'autres vont jusqu'à dire que l'auteur de l'explosion ne serait autre que Gordo lui-même.

– Mais pour quelle raison?

– Il paraîtrait que son frère aîné était l'idole de la famille... et tout particulièrement de sa mère. Gordo aurait appris que la vieille dame comptait léguer le ranch à Robert. Alors il aurait fait sauter le puits de pétrole.

– Comment s'y serait-il pris?

– Je n'en sais rien, dit Vines, et il haussa les épaules. Il s'agissait, paraît-il, d'une de ces charges de nitroglycérine qu'on descend à l'intérieur d'un puits pour en faire éclater les parois. On peut même faire exploser la charge à l'aide d'un simple coup de fusil. Tout cela se passait bien avant mon temps.

– Mais comment la culpabilité de Sena expliquerait-elle la vision de Dillon Charley?

– Rien de plus facile. Dillon découvre, d'une façon ou d'une autre, que Sena a de sombres desseins. Il s'arrange pour avoir une vision alors qu'il préside un service à l'Eglise peyotl, et il donne à son équipe l'ordre de ne pas se rendre au puits. Sena provoque l'explosion et s'aperçoit par la suite que Dillon se doute de quelque chose. Il s'efforce alors de se débarrasser de lui à force de tracasseries.

– C'est pas impossible, reconnut Chee.

– Gordo donnerait cher pour savoir si Dillon Charley s'est confié à moi ou non. Vous a-t-il posé la question?

– Plus ou moins.

– C'est cela que Gordo vous a chargé de me demander? fit Vines, souriant.

– Touché! Je vais vous poser la question autrement. A votre avis, que s'est-il réellement passé au puits de pétrole?

– Je pense que la nitroglycérine est un produit délicat à manier et qu'à cette époque de tels accidents n'étaient pas rares. Je crois me rappeler qu'il s'en est produit un tout semblable dans l'Etat, il y a quelques années.

– Vous croyez à un accident? Vous pensez que la présence au puits d'une charge de glycérine suffisait à rendre Dillon Charley nerveux?

Vines fit pivoter son fauteuil vers la fenêtre de manière à mieux contempler la vue. Il n'offrait plus à Chee que son profil.

– Je crois, dit-il simplement, que Gordo a assassiné son frère.

CHAPITRE VIII

Colton Wolf s'était mis en retard, ce matin-là, car il avait préparé des œufs en gelée pour son petit déjeuner. La matinée était déjà assez avancée lorsqu'il plia la nappe, enleva la vaisselle et les couverts de la table à plateau de formica de sa caravane.

Il ouvrit alors sa boîte à outils et se livra à une inspection des armes qu'elle contenait... deux fusils, trois petites boîtes munies de fils isolés qui étaient en réalité des détonateurs de bombes, une boîte à bonbons emplie d'explosif. Colton gardait bien à l'abri dans son réfrigérateur huit bâtons de dynamite munis de capuchons, ainsi que tout un assortiment de crèmes à raser et de déodorants. A part les fusils et leur viseur télescopique, il avait presque tout fabriqué lui-même... D'une part on ne pouvait pas remonter jusqu'à lui, et de l'autre certains de ces engins n'existaient pas dans le commerce. Les boîtes métalliques de crème à raser et de déodorant lui permettaient de déjouer les rayons X des douaniers quand il montait en avion. Une innocente crème à raser Burma pouvait contenir les pièces détachées des revolvers de Colton ainsi que leurs silencieux. Il avait également fabriqué lui-même les détonateurs des bombes. Ils étaient faits de deux batteries et d'une petite bille de mercure qui, lorsqu'on remuait la boîte, déclenchait le contact électrique.

Colton remit en place tout son attirail puis partit chercher son courrier.

En réalité Colton Wolf n'attendait aucun courrier, mais cela faisait partie de sa routine. La première chose qu'il faisait en arrivant dans une ville nouvelle, c'était de garer sa caravane, puis de louer un casier dans un bureau de poste. Il le louait au nom du premier nom un peu commercial qui lui venait à l'esprit. Puis il envoyait un mot à Boxholder, adressé à un casier postal d'El Paso, Texas, dans lequel il lui communiquait sa nouvelle adresse. C'était là son unique lien avec le monde extérieur. Dans l'esprit de Colton Wolf, et parfois dans ses rêves, c'était l'unique brèche qui permettrait au monde de mettre la main sur lui et de l'abattre. Colton aurait voulu conduire autrement ses affaires, mais il n'existait pas d'autre solution. Alors il réduisait les risques au minimum. La plus grande part de sa vie consistait justement à réduire les risques au minimum.

Il passa lentement dans sa G.M.C. devant le petit bureau de poste et inspecta les voitures garées dans le coin. Aucune ne lui parut suspecte. Il se gara dans un parking et refit à pied le bloc et demi qui le séparait de la poste, l'œil aux aguets. Deux femmes et un homme constituaient tout le public. Derrière leur comptoir, les visages des employés lui étaient familiers. Colton s'approcha de la paroi où s'alignaient les cases. A travers la vitre du 1191, il aperçut une enveloppe. Il passa outre et inspecta la case 960 qui était vide. Il se promena un moment dans le hall et grava dans sa memoire les visages des clients. Puis il revint au magasin proche du parking et acheta un bifteck, une demi-livre de champignons, une livre de raisin blanc, un petit pot de crème et du poivre noir. Il alla déposer ses achats dans le camion, y monta et écouta à la radio un concert de musique Western. Il laissa s'écouler ainsi vingt minutes puis il retourna à la poste. Il y avait cinq clients maintenant dans le hall et aucun des trois qui les avaient précédés. Colton alla directement à la case 1191 et prit l'enveloppe qui en dissimulait une, un peu plus petite. Il les prit toutes les deux, les fourra dans sa poche et retourna à son camion. Personne ne le suivit et personne non plus ne le suivit lorsqu'il remonta la rampe de la grand-route. Colton Wolf avait survécu à un nouveau contact avec le monde.

La plus petite enveloppe lui était adressée uniquement sous le numéro de sa case. Elle contenait une petite feuille de papier qui portait une série de chiffres écrits au crayon. Convenablement groupes ils donnèrent à Colton un numéro de téléphone et l'heure – quatorze heures dix – où il devait appeler ce numéro. Il fourra le papier dans sa poche de chemise. Quant à la seconde enveloppe elle portait l'adresse de l'agence de Recherches Webster, ainsi que le numéro de téléphone d'une rue de Los Angeles. Colton s'y attendait puisqu'à part eux, personne ne connaissait le numéro de sa case postale. Néanmoins il sentit son cœur se serrer tandis qu'il posait l'enveloppe à côté de lui. Il ne l'ouvrirait que chez lui. En attendant, il allait essayer de n'y pas penser.

Dans la remorque, il mit en place ses achats d'épicerie et brancha la cafetière électrique. Puis il s'installa sur son transat, essuya ses paumes humides contre son pantalon, ouvrit l'enveloppe et en sortit le contenu. Deux feuillets tapés à la machine et une note de frais. Wolf mit cette dernière à l'écart.

« Cher Monsieur Wolf,

Que je vous donne d'abord les mauvaises nouvelles. La piste que je suivais à Anaheim n'a rien donné. La femme était beaucoup trop jeune pour etre votre mère. J'ai commencé par consulter les registres du tribunal du canton ce qui m'a évité d'avoir recours à un détective, à Anaheim, et vous a donc fait faire des économies.

La bonne nouvelle, c'est que j'ai repéré un chauffeur de camion qui travaillait à l'Agence Mayflower de Bakersfield au début des années 60 et qui se souvient d'avoir eu pour compagnon de travail Buddy Shaw. Il a pu me donner l'adresse où vivait Shaw à San Francisco. Evidemment l'adresse est ancienne, mais c'est néanmoins un point de départ pour une nouvelle enquête... »

Wolf acheva la lecture de la première page, la déposa sur l'accoudoir de son transat et entama la seconde. Puis il relut encore une fois les deux pages avec une extrême attention. Il examina ensuite la note de frais. Une note mensuelle qui, pour cinq journées de travail plein et des frais divers, se montait à un peu plus de onze cent dollars. Ses longues mains aux doigts fins croisées sur ses genoux, il se prit à réfléchir.

Son visage, lui aussi, était mince et long, tout comme son corps et son ossature. De plus, son expression tendue donnait à sa face étroite l'aspect d'une lame bien aiguisée. Ses cheveux fins etaient couleur de paille desséchée et sourcils et cils se détachaient à peine sur sa peau livide couverte de taches de son. Quant à ses yeux ils étaient d'un bleu-vert très clair qui rappelait la glace qui fond au printemps. En bref, Colton Wolf semblait être décoloré, dépigmenté, aseptisé et dépourvu de tout sentiment.

Et cependant, en cet instant, il était en proie à des sentiments complexes et contradictoires. D'une part il reprenait courage. Le détective retrouverait Buddy Shaw. Shaw vivrait toujours avec la mère de Colton, ou du moins il pourrait indiquer où la retrouver et cette réunion tant attendue se produirait enfin. D'autre part, Colton ne croyait à rien de tout cela. Webster l'exploitait. Oui, ce détective privé le faisait cracher depuis quatre ans. Il n'y avait pas de voyages, pas de notes d'hôtels, pas d'appels téléphoniques à longue distance, et pas la moindre trace d'un Buddy Shaw. Webster n'avait pas eu plus de succès dans ses recherches que le premier détective privé qu'avait engagé Colton. Webster ne bougeait pas de son bureau, à Encino. Une fois par mois il forgeait une lettre de toutes pièces et y ajoutait une note de frais. Le premier détective s'était rendu à la maison où avaient vécu Colton, sa mère et Buddy Shaw. De nouveaux locataires n'avaient pu lui donner la moindre indication. Ils ignoraient tout d'un homme, d'une femme et d'un enfant qui avaient vécu là dix-neuf ans plus tôt. Colton avait déchiré avec rage ce rapport, mais il n'en avait pas oublié le contenu. La maison était actuellement habitée par une Mexicaine. L'agent immobilier ne remontait pas au-delà de cinq ans. Depuis, il y avait eu trois autres locataires qui tous étaient partis sans laisser d'adresse où faire suivre leur courrier. Pas d'enregistrement, non plus, au tribunal du canton, d'un mariage entre un certain Buddy Shaw, ou autre Shaw, et une certaine Linda Betty Fry. Les registres de la Mayflower Van Lines indiquaient qu'un Buddy Shaw avait travaillé dans leurs entrepôts, dix-neuf ans plus tôt, et qu'il avait été renvoyé pour ivrognerie. On retrouvait un E. W. Shaw, alias Buddy Shaw, dans les annales de la police à trois reprises. Il avait été arrêté une fois pour ivresse et désordres sur la voie publique, avait fait un mois de prison pour rixe et enfin avait été à nouveau arrêté pour attaque à main armée. On ignorait ce qu'il était devenu. Quant à la femme, on n'en savait guère davantage. Elle n'avait pas laissé d'autres traces que son nom mentionné au sujet de Shaw, révélant qu'une certaine Linda Betty Maddox avait été arrêtée en même temps que lui pour désordre sur la voie publique.

Colton se souvenait de ce rapport dans les moindres détails, et particulièrement du dernier paragraphe :

« Si vous ne pouvez pas nous fournir d'autres détails sur cette femme, il n'y a guère d'espoir de la retrouver. Pouvez-vous nous dire son âge, le lieu de sa naissance et nous donner quelques détails sur sa famille, père, mère, frères, sœurs, sur l'endroit où elle a fréquenté une école, où elle s'est mariée, enfin toutes informations concernant son passé? Encore une fois, sans ces informations qui nous permettraient de suivre des traces, il n'y a aucun espoir de la retrouver. »

Aucun espoir de la retrouver. Il vivait à Oklahoma City, à ce moment-là, sous le nom de Fry. Il était parti pour Bakersfield. Avait roulé sur la Nationale deux jours et deux nuits sans s'arrêter. Au Nevada il s'était dit qu'il ne s'appelait probablement pas Fry. Maddox, peut-être, mais certainement pas Fry. Il se le rappelait vaguement, ce Fry. Un type brun au visage rond, marqué de petit vérole, à la bouche amère. Sa mère et lui avaient vécu avec ce type à San José, et à l'école il était inscrit sous le nom Colton Fry. Il en avait conclu que Fry était son père. Mais peut-être était-ce plutôt un certain Maddox. Mais Colton ne se rappelait personne de ce nom-là. C'est alors qu'il avait décidé de se choisir lui-même un nom facile à porter et dont il userait jusqu'à ce que sa mère lui apprennc comment il s'appelait véritablement. Elle lui parlerait de son père, de ses grands-parents. De la maison où il était né. Dans une petite ville, probablement, se dit encore Colton, et dans le cimetière il y aurait les tombes des siens. Oui, quand il retrouverait sa mère elle lui dirait qui il était. En attendant il lui fallait choisir un nom de famille, un nom tout simple. Et son choix se porta sur Wolf.

La cafetière sifflait sur le réchaud au butane. A travers les minces parois d'aluminium de la remorque, parvenait le bruit des klaxons des camions qui empruntaient l'autoroute. Mais Colton n'entendait rien. Il évoquait son arrivée à Bakersfield, sa recherche de la maison. La vieille Mexicaine qui parut à la porte ne parlait pas l'anglais, mais sa fille lui répondit. Non, elle ne savait rien d'une svelte femme blonde aux yeux bleus appelée Linda Betty ni d'un type costaud nommé Buddy Shaw. La fille commençait à montrer une certaine nervosité devant tant de questions. Comme il redescendait les marches du porche, il se rendit compte qu'elles n'étaient ni plus branlantes ni plus usées que lorsque âgé de onze ans, il s'y asseyait, les soirs où sa mère et Buddy Shaw étaient ivres, et attendait que Shaw se soit endormi pour se faufiler dans la maison.

Oui, Colton était resté un bon moment, au volant de son camion. L'herbe rare qui poussait ici et là avait disparu et la vitre d'une des fenêtres avait été remplacée par du contre-plaqué. Mais à part cela, la maison n'avait guère changé. Il l'avait vue pour la dernière fois le lendemain de ses douze ans, et il y était entré pour la dernière fois. Le copain chez qui il avait trouvé refuge lui avait expliqué qu'il ne pouvait pas le garder plus longtemps, alors il était rentré chez lui dans l'espoir que Buddy Shaw serait dessoulé et le laisserait pénétrer dans la maison. Mais celle-ci était vide. Il avait guigné à travers les fenêtres. Plus de casseroles dans la cuisine et plus de flacons ou de pots dans la salle de bains. Dans le réduit où il dormait ses vêtements étaient éparpillés un peu partout, mais il n'y avait plus de draps à son lit et la veste bleu marine que sa mère lui avait achetée était toujours accrochée à un clou. Et ses livres étaient toujours là, et son béret. Il avait cassé la vitre d'une des fenêtres, se blessant à la main dans son affolement. La maison était vide à l'exception des vieux meubles qui s'y trouvaient lorsqu'ils avaient emménagé et ses propres vêtements.

Colton Wolf s'étira nerveusement sur son transat. Le désespoir qu'il avait ressenti alors l'envahissait à nouveau... une impression de frustration, de trahison, d'abandon; l'amère, désolante solitude qui allait désormais être son lot. Où pouvait-elle être? Comment la retrouver? Sur le réchaud, la cafetière eut un dernier hoquet. Colton Wolf n'y prit pas garde. Il ruminait la question qu'il s'était posée pendant dix-neuf ans.

Un peu après treize heures trente, il se leva

enfin et se versa une tasse de café qu'il emporta à son camion pour la boire en conduisant. A une cabine téléphonique proche de Central Avenue, il demanda la communication avec El Paso, dans le Texas, selon un code bien établi. Il attendit que la grande aiguille de sa montre marque quatorze heures dix, puis compléta son appel. Il glissa des pièces de monnaie dans l'appareil et entendit résonner la sonnerie à l'instant précis où la grande aiguille allait dépasser l'heure fixée.

– Ici la Case postale, dit instantanément une voix.

Ce nom était devenu pour eux un sujet de plaisanterie.

– Bien, dit Colton. La Case postale également.

– Une nouvelle chance nous est offerte au Nouveau-Mexique, reprit la voix. Une chose en amène une autre, j'imagine.

– Le même client? demanda Colton.

– Nous ne parlons jamais de clients, répondit la Case postale après un silence réprobateur. Tâchez de vous en souvenir.

– Je m'excuse, dit Colton.

– Les choses se présentent à peu près de la même façon. La personne ne sera pas sur ses gardes. Mais il faut agir au plus vite.

– Pour quelle raison? demanda Colton qui semblait contrarié.

– Enfin, quand je dis au plus vite... Disons que le plus vite sera le mieux. Chaque jour qui passe augmente les risques.

– Je n'aime pas les affaires précipitées. Elles finissent généralement mal.

– Vous n'êtes pas forcé de vous charger de celle-là. Peut-être même serait-ce préférable. Mais j'avais cru comprendre que vous teniez à mener à bien celle dont vous vous occupez en ce moment et qui, de toute façon, vous retient à Albuquerque. Donc...

– Je pense que cette première affaire sera terminée dans les vingt-quatre heures, dit Colton. Peut-être même ce soir.

– Parfait. C'est à quoi nous nous étions engagés. Nous avons tenu notre contrat. (Case postale eut un petit rire et ajouta :) Cela a pris un peu plus de temps que prévu, mais peu importe... Je pensais que vous tiendriez peut-être à montrer à ces gens de quoi vous êtes capable.

Colton fit la grimace. Son interlocuteur savait que l'idée de mécontenter un client lui était désagréable. Et c'était exact. Et aussi qu'il avait l'orgueil du travail bien fait. Et cela aussi était exact.

– Bon, dit-il. Exposez-moi la chose.

Ce que fit Case postale. Puis comme toujours ils convinrent de l'heure et du numéro de téléphone où Colton ferait son rapport.

Colton avait trois heures à attendre. Il les employa à marcher. Il mit à la poste la lettre qu'il avait adressée à l'Agence de Recherches Webster. Elle contenait un chèque de 1087, 50 dollars et une note suggérant à Webster de faire passer personnellement des appels, dans les journaux de la Côte Ouest, demandant à Linda Betty Shaw, ou Maddox, ou Fry, d'entrer en contact avec lui. Il marcha encore. Puis il s'installa sur un banc, à l'arrêt d'un autobus. Celui-ci stoppait tout près d'un collège et il en profita pour observer les élèves qui rentraient chez eux. Des adolescents, de plus jeunes aussi, et qui marchaient par petits groupes en discutant avec animation. Un seul resta isolé. Colton en conclut que ses parents venaient de s'installer dans le voisinage. Impossible, dans ce cas, de se faire des amis, parce que tous en avaient déjà. Colton avait huit ans lorsqu'ils vécurent pendant près d'un an à San Diego et là il se fit un ami. Et à quatorze ans, il resta à Taylorville assez longtemps pour se faire un ami ou deux. Mais ce n'était pas la même chose. Dans une Maison de Correction, au début personne ne connaissait personne et chacun s'efforçait de se faire des amis. A Taylorville, il s'était bien plu. Et il avait été content d'y retourner une seconde fois. On ne laissait pas les homosexuels vous ennuyer et on ne pouvait pas en dire autant de Folson où il avait été envoyé pour un vol à main armée.

Il était enfin l'heure. Il appela l'hôpital de l'Université du Nouveau-Mexique et demanda à parler à Mme Myers. Comme toujours, elle lui répondit d'une voix calme et placide.

– J'ai le regret de vous informer que tout est fini, lui dit-elle. Il a été dans le coma pendant toute la journée et finalement son cœur a lâché.

– On ne peut que se résigner, dit Colton.

– C'est vrai, dit Mme Myers, mais cela vous fait toujours un choc.

– Eh oui, fit Colton.

Il cherchait désespérément à prolonger la conversation. Mais à quoi bon? Il en avait fini avec Mme Myers. Ce serait la dernière des quelques conversations qu'il avait échangées avec elle au cours des deux derniers mois, toutes soigneusement préparées et poursuivies. Il avait commencé par apprendre le nom de l'infirmière qui assurait le service de jour dans l'aile des cancéreux. Et lorsqu'il l'avait appelée pour la première fois, sous le prétexte de se renseigner sur l'état du malade, il avait ajouté : Au fait, n'êtes-vous pas Mme Myers? Il m'a dit à plusieurs reprises que vous aviez été très bonne pour lui et je tenais à vous en remercier.

Il avait exactement le ton qu'il fallait. Colton s'entretenait rarement avec les gens mais il savait comment s'y prendre. Il regardait la télévision, écoutait les conversations dans les aéroports et les restaurants, ou encore parmi les files de personnes qui attendaient l'heure de la séance au cinéma, et qui se parlaient volontiers. A l'occasion, il s'exerçait avec des chauffeurs de taxis, ou avec les call-girls qu'il emmenait dans un motel deux fois par mois. Mais il parlait rarement deux fois avec la même personne, à l'exception de Case postale. Au bout d'un certain temps, il commença à se demander à quoi pouvait bien ressembler Mme Myers, et quelle sorte de personne elle pouvait être... Il s'était d'ailleurs posé la même question au sujet de Case postale. Il faillit même entrer dans sa salle, un soir, pour s'en assurer. Mais ça comportait un risque et Colton ne prenait pas de risques.

– Bonsoir, dit-il enfin, et mille fois merci, et il raccrocha.

CHAPITRE IX

Colton descendit de sa caravane à l'instant précis où l'on diffusait, sur la chaîne 7, les nouvelles de dix heures. Il portait un pantalon anthracite, un pull-over noir et des chaussures à semelles de crêpe. Par goût, il préférait sortir nu-tête, mais ce soir-là il coiffa ses cheveux paille d'un béret bleu marine. Puis il se munit d'un de ces sacs de toile dont il se servait au cours de ses voyages en avion et dans lequel il avait mis une pelle à manche pliant, une couverture verte, une blouse blanche qui portait, imprimé dans le dos, *Morgue de Strong-Thorne*, ainsi qu'une plaque minéralogique du Nouveau-Mexique. Après son coup de téléphone, il était passé devant l'aérogare d'Albuquerque et avait chipé cette plaque dans le parking où des voyageurs qui s'absentaient longtemps laissaient leurs voitures. Puis il avait remplacé la plaque dont il se servirait par une autre, appartenant à une autre voiture. Ainsi, si une plainte pour vol était portée, la police ne disposerait que d'un faux numéro.

Il revint à l'aérogare, laissa son camion dans un autre parking, loua une camionnette Chevrolet et presenta un permis de conduire et une carte de credit au nom de Charles Minton, avec pour adresse une case postale de Dallas. Il prit ensuite, en direction sud, la Nationale 25, puis tourna à gauche au Rio Bravo. Il conduisait lentement, evaluant sa vitesse a son compteur kilomètrique. Près du fleuve, il abandonna la route pavée pour un étroit chemin de terre. Il descendit de son camion, coupa la lumière qui s'allumait lorsque la portière était ouverte et remplaça la plaque de la Chevrolet par celle qu'il venait de chiper. Il était maintenant vingt-trois heures et un mince croissant de lune n'éclairait guère la nuit au ciel pourtant pur. Le chemin de terre traversa un parc à bestiaux, franchit un canal, puis tourna encore à gauche. Le chemin se divisait en deux pistes qui sinuaient à travers les plantations de la plaine irriguée du Rio Grande. La piste franchit, sur un petit pont fait de planches branlantes, une tranchée d'irrigation, puis amorça une brusque descente. Une centaine de mètres après le fossé d'irrigation, Colton s'arrêta net. La lumière de ses phares éclairait la carcasse d'une vieille Ford rouillée et criblée de balles. Un peu plus loin, une autre carcasse de voiture qui avait également servi de cible. Et un peu partout des détritus... un matelas pourri, ce qu'il restait d'un vieux réfrigérateur, des boîtes, des bouteilles, des papiers, des chiffons, etc. Colton coupa phares et moteur, abaissa les vitres des portières de chaque côté de la camionnette. Puis il resta assis sans bouger pendant au moins dix minutes. Il percevait le bruit du moteur qui se refroidissait et celui des camions qui roulaient dans le lointain sur la Nationale. Pas un autre son par cette nuit sans vent. Rassuré, il prit la pelle dans le sac et descendit de la camionnette.

Il écarta le matelas pourri et creusa à cet endroit, amoncelant la terre avec soin. La terre était meuble et même dans l'obscurité piocher n'offrait pas de difficultés. Il lui fallait un trou de six pieds de long sur quatre de profondeur.

CHAPITRE X

Colton arriva au parking de l'Université du Nouveau-Mexique un peu avant deux heures du matin. Il l'avait déjà exploré une fois, mais quinze jours plus tôt, et il voulait s'assurer qu'entre-temps rien n'avait changé. Il remplaça son blouson par la blouse d'employé de la Morgue. L'infirmière installée à son bureau ne leva même pas la tête, et jusqu'aux ascenseurs, il ne rencontra personne. Le hall du second étage était également désert. Mais sur la porte du laboratoire on pouvait lire : *Le Laboratoire de Morphologie a été transféré dans le Bâtiment principal.* D'abord décontenancé, il se ressaisit et s'avança dans le couloir. La vaste porte qui donnait accès à la morgue était recouverte de contre-plaqué pour la protéger des heurts de lourds chariots métalliques. Il appuya sur la poignée. La porte était fermée. Il s'y attendait. Avaient-ils déménagé la morgue en même temps que le laboratoire des autopsies? Mais même dans ce cas, l'hôpital avait besoin d'un local où conserver les corps, ne fût-ce que pour une nuit. Du revers de son pantalon, il sortit une mince lame d'acier qui se revéla aussi efficace qu'une clé. Il referma la porte derrière lui et trouva à tâtons le commutateur dans l'obscurité. Trois chariots métalliques étaient alignés contre la paroi, vides tous les trois. La porte chromée du frigorifique était fermée elle aussi. Colton l'ouvrit. Trois brancards s'y trouvaient, chacun chargé d'un corps recouvert d'un linceul. Colton déchiffra la fiche du brancard le plus proche. Randy A. Johnson, 23 ans, Rowell, Nouveau-Mexique. Mort à son arrivée. Blessé à la tête et à la nuque. Accident de motocyclette. Il passa au suivant. *Emerson, Charley. Autopsie. Mis en attente pour le C.R.T.C.*, ce qui devait signifier Centre de Recherches et de Traitements du Cancer. Colton souleva le drap qui recouvrait le corps. Il avait déjà vu ce visage, mais à distance. Cette fois, la mort avait fait son œuvre, creusant, desséchant la face. Mais néanmoins il la reconnut. Pas d'erreur possible. Il remit le drap en place.

Dans le hall, il s'arrêta un moment, prêtant l'oreille. Un bruit sourd et répété, qui provenait probablement de la buanderie de l'hôpital. A part ça, le silence. Colton consulta sa montre. Cinq heures et trois minutes. Il décida de ne pas attendre davantage. Il ne pouvait choisir meilleur moment.

Il était exactement cinq heures quatorze lorsqu'il gara la camionnette devant la porte de service. Elle était entrouverte, comme il l'avait laissée et il continuait à entendre le bruit sourd et répété d'une machine à laver de la buanderie. Il laissa ouvert l'arrière de la camionnette. Trente-cinq pas séparaient seulement la porte de service de celle de la morgue. Il se servit à nouveau de sa lame d'acier et entra.

A côté des brancards, deux sacs de plastique rouge contenant probablement des effets. Il s'empara du plus proche, le glissa sous le drap, à côté du corps, et sortit le chariot du frigorifique. A la porte de la morgue, il s'arrêta, prêtant l'oreille. Trente-cinq pas à faire et peut-être soixante secondes pour hisser le corps dans la camionnette. Le hall était silencieux. Le chariot le traversa, rompant à peine ce silence, ses roues caoutchoutées roulant doucement sur le carrelage. Arrivé à la porte de service, Colton gara le chariot hors de vue. Puis il prit le sac de plastique et le jeta à l'arrière de la camionnette.

– Viens, mon vieux, dit-il enfin.

Et enroulant le drap autour du corps il le souleva. Il fut surpris de le trouver si raide et si léger. En route, dit-il encore. Il glissa le corps dans la camionnette et le recouvrit à l'aide de la couverture verte.

Il ne risquait presque plus rien. Il claqua l'arrière de la camionnette et ramena le chariot dans le hall. Le moteur de la camionnette démarra au premier tour. Au premier tournant de l'allée de service, Colton consulta le rétroviseur. Tout était désert. Personne ne l'avait vu. Tout s'était passé le mieux du monde. Il ne laissait aucune trace derrière lui.

Colton s'arrêta sur le chemin du retour à une station-service. Il se sentait plus heureux qu'il n'avait été depuis des mois. Heureux pour la première fois depuis le jour où il avait appelé Case postale et avait dû lui avouer son échec. Il en gardait un souvenir très vif. Il était resté deux heures à attendre à l'aérogare que le moment vienne d'appeler le numéro d'El Paso, et redoutant ce moment. Jusque-là il n'avait jamais échoué. Depuis sa première affaire – l'incendie du night-club de Denver sept ans plus tôt – il n'avait remporté que des succès. Jamais la moindre bavure. Tâche accomplie. Pas de témoins; pas de traces. La perfection! Et la voix chaude et amicale de Case postale qui le félicitait. Mais cette fois, il n'y avait pas eu de félicitations et après un lourd silence, la voix de Case postale s'était élevée, froide et lourde de réprobation.

– Donnez-moi le numéro d'où vous m'appelez, avait-il dit. Et attendez. Je vais prévenir mon client et je vous rappellerai. Surtout ne bougez pas.

– Dites-lui que je n'accepterai aucune gratification, dit encore Colton. Et dites-lui que je mènerai ma tâche jusqu'au bout.

– Attendez, répéta sèchement Case postale.

Colton attendit. Quatre heures plus tard, le téléphone sonna.

– L'homme en question est entré à l'hôpital en vue d'examens. Il s'y trouve actuellement. Ayez l'œil sur lui et quand il mourra, débarrassez-vous du corps. Oui, saisissez-vous du corps et faites-le disparaître.

– Bon Dieu! fit Colton. Va falloir que je reste là à attendre que ce type meure?

– Pas longtemps, dit Case postale. Il est atteint d'un cancer à évolution rapide.

– Mais alors pourquoi?...

– Pas assez rapide au gré de mon client. Ça vous dérange?

– Non, fit vivement Colton. Absolument pas.

Mais sur le moment, ça lui avait paru curieux. Et se débarrasser du corps lui paraissait également curieux. Curieux, oui, mais il avait exécuté les ordres. Le corps avait été déposé dans la fosse creusée par lui, puis il l'avait recouverte du matelas pourri et de tout ce qui traînait dans le coin. Personne ne retrouverait jamais le corps d'Emerson Charley. Il devait faire son rapport demain à midi. Il s'en réjouissait à l'avance. Case postale serait satisfait.

CHAPITRE XI

Jim Chee avait fait un rouleau du chèque de deux cents dollars de Ben Vines et des cinq billets de cent que lui avait tendus, dans une enveloppe, Mme Vines. Un rouleau guère plus épais qu'une cigarette, qu'il laissait tomber tous les soirs au fond d'une de ses bottes posées au pied de son lit. Chaque matin, après une brève action de grâce au jour qui se levait, il secouait sa botte pour en faire tomber le rouleau et il se demandait ce qu'il allait en faire. Le quatrième jour, Chee remarqua que le chèque commençait à s'effriter sur les bords. Il défit le rouleau, étala le chèque et l'argent et les regarda fixement.

Deux cents dollars, c'était tout de même beaucoup pour un simple déplacement, et pourquoi diable Mme Vines lui offrirait-elle 3 000 dollars pour récupérer un coffret qu'elle aurait elle-même volé? Certes, pour des gens aussi riches que les Vines, l'argent ne comptait pas, mais l'oncle de

Chee l'avait mis en garde contre ce genre de raisonnement.

– Ne va pas t'imaginer qu'un homme ne se soucie pas du sort d'une de ses chèvres parce qu'il en possède un millier, lui avait dit Hosteen Nakai. S'il en possède un millier c'est parce qu'il se soucie plus de ses chèvres que du sort des membres de sa propre famille. En d'autres termes, ne t'attends pas à ce que les riches se montrent généreux.

Et au sujet de cet argent, que lui conseillerait son oncle? Chee sourit en y pensant. Il ne lui donnerait aucun conseil... du moins pas directement. Mais il lui poserait une centaine de questions. Qui des deux mentait? Pour quelle raison lui offrait-on de telles sommes? Pourquoi les Navajos de la frontière pensaient-ils que Vines était un sorcier? Et le pensaient-ils réellement? En quoi l'équipe de Charley était-elle mêlée à cette histoire? Et parce que Chee se trouverait dans l'incapacité de répondre à ces questions, Hosteen Nakai lui sourirait et lui répéterait ce qu'il lui avait déjà dit il y avait longtemps : que Chee devait avant tout arriver à comprendre les Blancs.

A l'aide de ses deux index, Chee fit une pile de l'argent de Mme Vines. Cette Mme Vines qui lui avait menti, et c'était le moins qu'on pût dire. Puis Chee prit le chèque et examina la signature hardie de B. J. Vines. Celui-là n'avait fait que lui mentir. Chee plia le chèque et le glissa dans une des poches de son portefeuille à côté de sa carte de crédit. Puis il mit l'argent liquide dans le compartiment correspondant. Avant tout, s'entretenir avec Thomas Charley et voir ce qu'il pouvait en tirer.

Mais pour s'entretenir avec Thomas Charley, il fallait commencer par le dénicher. Becenti lui avait simplement dit que ce Thomas vivait au-delà de la frontière, non loin du Mont Taylor. Chee donna quelques coups de téléphone. Un peu avant midi il apprit ainsi que Charley travaillait aux Kerrmac Nuclear Fuels. Un autre et rapide coup de fil au bureau du personnel de la Kerrmac, à Grants, l'informa que Charley était le chauffeur attitré d'un de leurs camions de minerai; que c'était aujourd'hui son jour de congé; qu'il n'avait pas le téléphone, et enfin que l'adresse fournie par le bureau de poste de Grants confirmait celle qu'on lui avait donnée à l'hôpital... Une boîte aux lettres en bordure de la route reliant Grants au village de San Mateo.

De Crownpoint, il n'y avait sans doute pas plus de cinquante kilomètres à vol d'oiseau, mais en voiture, il fallait bien en compter cent cinquante. C'est pourquoi Chee prévint l'agent Benny Yazzie qui le remplaçait au bureau qu'il ne serait pas de retour avant la nuit.

Tout en conduisant, Chee s'appliqua à mémoriser le Chant de la Nuit. Il mit en marche le magnétophone, plaça la cassette à l'endroit où le « chanteur » éveille l'esprit du Dieu qui parle sous son masque sacré. En débouchant sur l'autoroute 40, il choisit la voie à vitesse réglementée afin d'écouter plus attentivement. Les camionneurs, sûrs de leur impunité, le dépassaient dans un grondement de tonnerre, car ils savaient que la police tribale n'exerçait sur cette voie aucune surveillance. Les voitures privées, par contre, ralentissaient jusqu'à la vitesse autorisée et lui lançaient au passage des regards inquiets. Chee ne leur prêtait aucune attention. Il se concentrait sur la voix de son oncle, forte et assurée, chantant les paroles que la Femme Changeante avait enseignées à son peuple lors de sa création.

Le magnétophone était posé sur le siège proche du sien. Chee appuya sur un bouton, coupant ainsi la voix de Hosteen Nakai, se concentra un moment puis se mit à répéter les cinq vers de la strophe, s'efforçant de reproduire aussi bien les mots et la cadence que le sens même du poème. Arrivé à l'échangeur de Grants, il avait acquis la certitude que le poème du chanteur masqué était désormais gravé dans sa mémoire.

Même chez ce peuple qui accordait une haute valeur à la mémoire et qui l'exerçait chez ses enfants presque à leur naissance, le don de Chee était tenu pour remarquable. Et c'est pourquoi, dès son plus jeune âge, sa famille avait pensé faire de lui un « chanteur ». Le Clan des Hommes au Lent Parler avait donné à lui tout seul plus de ces fameux « chanteurs » que les autres clans navajos, qui n'en comptaient pas moins de soixante. Et la famille de sa mère avait fourni beaucoup plus que sa part. L'oncle de Chee, le frère de sa mère, comptait parmi les plus célèbres d'entre eux. C'était Hosteen Nakai qui célébrait le Chant de la

Nuit et celui du Chemin de l'Ennemi et qui participait à nombre d'autres rites de guérison des maladies. Il enseignait également le cérémonial au Collège de la Communauté navajo de Rough Rock. Et c'était lui, Hosteen Nakai, qui avait choisi le nom de guerre de Jimmy Chee, « L'Homme au Long Penser ». Oui, son oncle était un des rares initiés qui connaissaient sa véritable et secrète identité. Et il lui avait donné son nom de guerre, mais lorsque Chee lui demanda de l'initier au rôle de « chanteur », il commença par refuser.

– Il y a d'abord un pas qu'il te faut franchir, lui dit-il. Rien d'important ne peut se faire avant cela.

Ce premier pas consistait, pour Jimmy Chee, à étudier l'homme blanc et ses coutumes. Lorsqu'il serait parvenu à comprendre le monde de l'homme blanc, ce monde où se mouvait son Peuple, il pourrait prendre une décision. S'incorporerait-il au monde de l'homme blanc ou resterait-il un Navajo?

Ce jour-là, son oncle l'avait emmené dans son camion à Gallup et s'était garé dans Railroad Avenue, où ils pouvaient voir les bars et observer les Navajos et les Zunis y entrer ou en sortir. Jimmy Chee se rappelait les moindres détails de cette journée. Il se souvenait de la femme qui était sortie de la Turquoise Tavern et de l'homme au chapeau noir d'homme de la Réserve qui la suivait. Leur démarche était incertaine car ils étaient saouls tous les deux. La femme perdit l'équilibre et tomba lourdement sur le trottoir gluant. L'homme se pencha pour l'aider à se relever et son chapeau noir roula dans le caniveau. Hosteen Nakai fixait sur eux son regard pénétrant.

– Ils sont incapables de choisir, dit-il. Les enseignements de la Femme Changeante sont trop difficiles pour eux, et ils n'en perçoivent pas la beauté. Et ils ne connaissent pas non plus les us et coutumes des hommes blancs. A toi de decider. C'est facile, maintenant, de devenir semblable aux Blancs. Tu as déjà fait des études et à l'aide de bourses tu peux en faire encore et tu trouveras du travail si tu as compris les valeurs des Blancs.

Jimmy Chee lui répondit qu'il avait déjà décidé. Et qu'il voulait vivre dans la beaute, en vrai Navajo.

– Encore une fois, tu ne peux rien décider avant de comprendre vraiment un homme blanc. Ils possèdent beaucoup de choses que nous n'avons pas. Etre navajo, c'est renoncer à gagner de l'argent, ajouta Hosteen Nakai. Quand tu seras plus âgé, nous en reparlerons. Et si tu y tiens encore, je t'enseignerai un peu de ce que je sais. Mais étudie d'abord les voies des Blancs.

Ce que Chee avait fait. En sortant du Collège de Shiprock, il était entré à l'université du Nouveau-Mexique. Il y avait étudié l'anthropologie, la sociologie et la littérature américaine. Et à ses moments perdus il observait le comportement de l'homme blanc. Ces quatre sujets d'étude le passionnaient également. Lorsque à la fin d'un semestre il venait passer ses vacances dans la maison de sa mère, dans les Monts Chuska, Hosteen Nakai lui enseignait la sagesse de leur clan. Et enfin il commença à lui apprendre les chants rituels qui avaient fait émerger leur Peuple de la maladie à la beauté. Et l'extraordinaire mémoire de Chee lui fut d'un grand secours.

Sur la route qui mène de Grants à l'arrière des gisements d'uranium d'Ambrosia Lakes, Chee remit le magnétophone dans sa boîte et ne pensa plus qu'à trouver la maison de Thomas Charley. Il la trouva un peu en retrait de l'étroit chemin asphalté. Une cabane d'adobe de deux pièces à quoi l'on avait ajouté un appentis de bois au toit de bardeaux peints en rouge. Une Chevrolet Impala de 1962, dépourvue de roues et dont la carcasse reposait sur des blocs de mâchefer, trônait au milieu de la cour. Chee arrêta sa voiture de patrouille à côté de l'Impala et attendit. S'il y avait quelqu'un dans la maison, et si ce quelqu'un désirait le recevoir, il apparaîtrait à la porte. Sinon, après l'intervalle qu'exige la politesse, Chee y frapperait.

La porte s'ouvrit et Chee vit quelqu'un le regarder à travers l'écran. Un enfant. Chee attendit. Personne d'autre ne parut. Chee descendit alors de sa voiture de patrouille.

– Ya-tah, dit-il. Salut.

– Salut, répondit le gosse qui pouvait avoir dans les dix, douze ans.

– Je cherche Thomas Charley, dit Chee.

– L'est allé chercher ma mère.

– Où ça?

– Oh, ils y sont plus, dit le gosse. Ma mère est tisserande. Mon oncle l'a emmenée à la vente aux enchères.

– A Crownpoint? demanda Chee.

– Tout juste, fit le gamin. Elle espère vendre des tas de tapis.

– C'est pas mon jour de chance, fit Chee en riant. Crownpoint, j'en viens, et il faut maintenant que j'y retourne.

– C'est mon oncle que vous voulez voir?

– Si je le trouve, oui. Qu'est-ce qu'il a comme voiture?

– Une camionnette, une Ford 1975. Une F.-150. Si vous le voyez, dites-lui qu'y a quelqu'un qui veut lui acheter sa vieille Chevy. Dites-lui qu'un type est venu le demander juste après son départ, dit encore le gamin.

– Je n'y manquerai pas, dit Chee. Rien d'autre?

– Le type le verra peut-être à la vente des tapis. C'est un blond qui porte une veste jaune. M'a dit qu'il chercherait mon oncle là-bas.

– Bon, dit Chee.

Il regarda la voiture avec plus d'intérêt. Les tambours de freins étaient complètement rouillés et à l'arrière le rembourrage de la banquette s'échappait en festons poussiéreux. Le neveu de Thomas Charley était vraiment optimiste. Qui donc ferait tout le chemin jusqu'à Crownpoint pour acheter un rossignol pareil?

CHAPITRE XII

Le soleil était déjà couché lorsque Chee passa devant les locaux de la Police tribale. La nuit tombait. A l'autre extrémité du village, environ deux cents véhicules de toutes sortes étaient parqués devant l'école primaire de Crownpoint, ce qui laissait prévoir qu'il y avait foule à la vente aux enchères du mois de novembre. Chee ne tarda pas à découvrir un camion, une Ford bleue 150, et tout à côté une Plymouth verte et blanche, comme celle que le neveu de Charley avait attribuée à l'éventuel acheteur de la vieille Chevy. Chee se livra à un rapide examen de la Plymouth. Elle était neuve et le compteur marquait à peine cinquante kilomètres. Un dépliant fixé au tableau de bord indiquait qu'elle avait été louée à l'Agence Hertz de l'aérogare d'Albuquerque.

De l'intérieur de l'école, montaient de puissants effluves. Cela sentait le poisson frit, la cire à parquets, la craie, le ragoût de mouton au chili, la laine brute, la sueur chevaline et humaine.

Dans la grande salle, une centaine d'acheteurs possibles se promenaient parmi les ballots de tapis, notaient les offres et les numéros. Mais à cette heure, le gros de la foule devait se trouver à la cafétéria, en train de faire honneur au traditionnel repas de cette vente aux enchères, des tortillas surmontées d'un mélange de ragoût de mouton et de piments rouges forts à vous emporter la gueule.

Chee resta à l'entrée de la salle et repéra méthodiquement ses occupants. En réalité il ne savait pas trop à quoi ressemblait Charley, car Becenti lui en avait donné un signalement très sommaire.

– Vous cherchez quelqu'un?

La voix qui s'élevait près de lui était celle d'une jeune femme en sweater bleu à col roulé. La femme était petite, le sweater large, et au-dessus du col épais, le visage ne souriait pas.

– Oui, je suis à la recherche d'un certain Thomas Charley, dit Chee. Mais je ne sais pas exactement de quoi il a l'air.

Le visage ovale de la jeune femme était encadré d'une chevelure couleur de miel. Une jolie fille et Chee s'y connaissait. Il en avait vu beaucoup de ce genre à l'université du Nouveau-Mexique... et qui suivaient, pour la plupart, des cours sur les indigènes d'Amérique. Oui, ces cours attiraient tout spécialement les étudiants américains et spécialement les étudiantes. Chee en avait conclu qu'elles s'intéressaient davantage aux jeunes Indiens qu'à la mythologie indienne. Leur regard semblait vous demander en quoi vous étiez différent des garçons blonds avec qui elles avaient grandi. Chee, plongeant ses yeux dans ceux de la jeune femme, y lut la même interrogation, ou crut l'y lire. Mais il y avait quelque chose de plus.

– Ne pas savoir à quoi il ressemble ne m'aide pas à le repérer, dit-il en souriant.

– Et si vous y renonciez et décidiez de le laisser tranquille? Que lui voulez-vous?

– J'ai un message à lui transmettre de la part de son neveu, dit Chee sèchement. Quelqu'un veut lui acheter sa vieille bagnole et...

– Oh, fit la jeune femme, l'air confus. Je ne devrais pas être si hâtive dans mes conclusions. Je m'excuse. Ceci dit, je ne le connais pas.

– Je vais m'informer, dit Chee.

Son horreur de la police était une réaction type que Chee avait appris à susciter chez les jeunes Américaines qui s'intéressaient aux gens de la Réserve. Il devait y avoir quelque part un bureau fédéral chargé de mettre en garde les jeunes sociologues contre les policiers en général, tous des sauvages, et contre les policiers navajos en particulier.

– Vous appartenez au Bureau des Affaires indiennes? demanda-t-il.

– Non. Je suis ici aujourd'hui pour apporter mon aide à la coopérative des tisserands, et elle indiqua du geste deux femmes navajos qui triaient des papiers. Mais j'enseigne ici, en cinquième, l'anglais et les études sociales.

Toute hostilité avait disparu de son regard, mais la curiosité restait.

– Jim Chee, et il lui tendit la main. J'ai été nommé au commissariat d'ici et je viens d'arriver.

– Oui, j'avais remarqué votre uniforme, fit la jeune femme en lui serrant la main. Mary Landon. Je débarque moi aussi, du Wisconsin, mais l'an passé j'ai enseigné à l'Ecole pueblo de Laguna.

– Ravi de vous connaître, fit Chee.

Sa main, dans la sienne, était petite et fraîche, mais elle la retira vivement.

– Il faut que je me remette au travail, et déjà elle s'éloignait.

Il fallut à Chee une petite demi-heure pour s'assurer que Thomas Charley était bien dans la salle et pour obtenir de lui un meilleur signalement. Il aurait pu agir plus rapidement s'il avait été pressé, mais il ne l'était pas. Il s'intéressait davantage aux habitants du territoire dont il avait désormais la charge et voulait apprendre à les mieux connaître. Et brusquement Mary Landon reparut à côté de lui.

– Le voilà, dit-elle. Là-bas. Le type au tartan rouge et noir et au feutre noir.

– Merci, dit Chee, et il remarqua que Mary Landon continuait à ne pas sourire.

Thomas Charley était appuyé, seul, contre la paroi. Il semblait chercher quelqu'un du regard. Mary Landon ajouta encore quelque chose, mais Chee ne l'entendit pas. Il observait Charley. Un homme de petite taille – guère plus d'un mètre soixante – et d'une maigreur squelettique. Un visage osseux, de petits yeux enfoncés dans leurs orbites et le front bas sous son chapeau de cow-boy rejeté en arrière. On le sentait tendu, en état d'alerte. Son regard se posa sur Chee, s'en détourna, puis y revint. Becenti avait dit de lui qu'il était à moitié fou, un véritable fanatique. Oui, ses petits yeux noirs avaient bien l'expression de ceux qui ont des visions. Faire parler Thomas Charley, se dit Chee, demandera beaucoup de prudence et beaucoup de chance.

En réalité, il n'en fut rien. Ils discutèrent d'abord de la vente aux enchères, puis de la sécheresse. Chee, adossé au mur, lui aussi, dirigeait l'entretien. Le commissaire-priseur, un Blanc au teint fleuri, rappelait, dans son parler de Texan de l'Ouest, les règles du jeu. Chee parlait du shérif Gordo Sena, des problèmes de juridiction qui s'élevaient entre policiers navajos et shérifs blancs. Le premier tapis fut vendu pour 65 dollars. Des offres firent monter le second à 110 dollars. Le commissaire-priseur plaisanta le public sur sa pingrerie, réussit à faire monter l'offre jusqu'à 155 dollars et le céda à ce prix-là.

Chee évoqua alors la proposition que lui avait faite Mme Vines, ce qu'elle lui avait raconté au sujet du cambriolage, sa décision de ne pas se mêler de cette affaire et enfin du recul de Vines. Thomas Charley en disait de moins en moins.

– Cette histoire ne me regarde pas, expliqua-t-il. Elle ne m'intéresse pas. Le cambrioleur encore moins. (Et avec un sourire entendu :) Je sais qui s'est introduit dans la maison des Vines et qui a emporté le coffret. Et vous le savez, vous aussi. Mais Gordo Sena, lui, l'ignorera toujours. Ce que je voudrais savoir, c'est ce que contient ce coffret.

Charley ne répondit pas. Chee attendait. Sur le cinquième tapis, les offres se mirent à monter et le meneur de jeu l'adjugea pour 240 dollars.

– J'ai un esprit curieux, dit Chee. Beaucoup de choses m'intriguent au sujet de Vines. Au sujet de Gordo Sena aussi, sans oublier Mme Vines.

Thomas Charley lui lança un regard qu'il détourna aussitôt. Il se tenait les bras croisés, et Chee remarqua que, des doigts de sa main gauche, il tapotait nerveusement sur son poignet droit.

– Pourquoi Vines a-t-il enterré votre grand-père au pied de sa maison? Cela aussi m'intrigue. Et pour quelle raison a-t-on tenté d'assassiner votre père? Et pourquoi Mme Vines voulait-elle que je retrouve le coffret de son mari? Et pourquoi a-t-elle cessé de le vouloir? Et enfin, pourquoi Gordo Sena m'a-t-il recommandé avec insistance de me mêler de mes affaires?

Chee avait posé cette dernière question directement à Charley, qui cessa de se tapoter le poignet et resta bouche cousue.

– Que vous soyez entré dans la maison des Vines et que vous vous soyez emparé de quelque chose ne me regarde pas. Une seule chose m'intéresse. Que contenait le coffret?

– De la roche, dit Charley. De petits fragments de roche noire.

Chee s'aperçut qu'il ne s'était pas réellement demandé ce que pouvait contenir le coffret, mais il ne s'attendait pas à ça.

– Pas de papiers? demanda-t-il encore. Pas de papiers où était écrit quelque chose?

– Surtout des fragments de roche.

– Vraiment rien de plus?

– Des médailles, dit Charley. Des souvenirs de guerre. Enfin, des trucs de ce genre-là.

– Faites-moi la description détaillée de ce que contenait le coffret.

Charley parut surpris, mais il s'exécuta.

– Ben, dit-il, y avait une carte glissée à l'intérieur du couvercle. Elle portait le nom et l'adresse de Vines. Et puis y avait trois médailles. Le *Purple Heart* et deux autres en forme d'étoiles. Une était d'un simple métal terni, et l'autre était ornée en son centre d'une petite étoile d'argent. Puis tout un jeu d'ailes comme en portent les parachutistes et une épaulette avec une tête d'aigle et des barres d'argent, insigne d'un lieutenant de l'armée. (Charley réfléchit un moment puis reprit :) Ah oui. Il y avait des photos. Celle d'une jeune fille et une autre d'un homme et d'une femme debout près d'une vieille bagnole. Et puis, comme je vous l'ai dit, de très nombreux fragments de roche noire.

Charley se tut et Chee comprit qu'il en avait terminé.

– Vraiment rien d'autre? demanda Chee Qu'est-ce que vous espériez y trouver?

Pour toute réponse, Charley haussa les épaules.

– Un talisman? demanda Chee.

– Vines était un sorcier, dit Charley dont le visage se durcit.

Mais il n'utilisa pas le mot navajo qui signifiait « sorcier » non plus que « fantôme » ou Loup Navajo. Non, il se servit d'une expression Keresan – le mot qu'emploie le Peuple de Laguna et d'Acoma pour désigner un sorcier, ou un magicien.

– Oui, je l'ai entendu dire, reconnut Chee Vous espériez trouver la poche emplie d'herbes et de substances qu'emploient les guérisseurs?

Charley lança un regard à Chee, puis détourna les yeux. L'homme qui présidait à la vente aux enchères entama la litanie d'une nouvelle transaction.

– Il était en train de tuer mon père, dit Charley Je voulais retourner le charme contre lui. Et pour cela, il fallait m'emparer de quelque chose que je ne possédais pas.

Chee ne lui dit pas ce qui coulait de source. Il ne lui dit pas : « Votre père se meurt d'un cancer. » Il ne lui dit pas : « Il n'y a pas de sorcellerie, là-dedans. C'est une question de cellules qui se développent anormalement. » Non, il ne dit rien de tout cela. Thomas Charley était persuadé qu'un sorcier avait jeté un sort à son père. Dans ce cas les Navajos faisaient appel à un cérémonial – le Chemin de l'Ennemi, ou celui de la Prostitution. Chacun prononçait une formule consacrée qui inversait la malédiction et la retournait contre le sorcier lui-même. Mais il fallait, pour cela, être en possession d'un objet que le sorcier, ou magicien, avait touché. Cependant Thomas Charley était à moitié Laguna. Il prêtait donc à Vines les pouvoirs d'un sorcier Laguna. Peut-être utilisaient-ils des formules différentes. Cependant le commissaire-priseur continuait ses transactions en vendant à une femme un petit tapis au motif de diamant. Chee et Thomas Charley s'adossèrent à nouveau contre le mur, et observèrent la scène; leurs épaules se touchaient fraternellement.

– Pourquoi Vines a-t-il jeté un sort à votre père? demanda Chee. Le savez-vous?

– Vines n'a pas toujours été un sorcier. Je crois même qu'au début il s'est montré bienfaisant en apportant son aide à mon grand-père et à notre église. Il nous a fait don d'un totem. C'est à mon grand-père qu'il l'a donné. La taupe. Elle est puissante et c'est grâce à elle que le Seigneur Peyotl nous a ouvert les portes. Il nous a permis d'avoir des visions. Mais Vines voulait rentrer en possession du totem et c'est pourquoi il lui a jeté un sort et l'a rendu malade. Et maintenant, il a volé le corps de mon père.

Sur l'estrade le vendeur, aidé de son assistant, brandissait une lourde couverture de cheval.

– C'est une merveille, claironnait-il, et il feignait comiquement de succomber sous son poids.

Il faut qu'un cheval ait les reins solides pour la supporter. Et elle est tissée si serré qu'aucune pluie ne peut la traverser. Je la mets en vente à quatre-vingts. Je dis bien quatre-vingts. Quatre-vingts, quatre-vingts, qui dit mieux? Quatre-vingt-cinq. Je dis quatre-vingt-cinq. Qui dit mieux? Quatre-vingt-dix. Je dis quatre-vingt-dix...

– Volé le corps de votre père? répéta Chee.

Il croyait Emerson Charley encore en vie au cours de la dernière semaine. Très malade, certes, mais en vie. Combien de jours s'étaient écoulés depuis? Cinq? Six? Il lança un regard à Charley. Le gars squelettique regardait droit devant lui, le visage tendu. Cependant, il semblait se rappeler quelque chose.

– Quand Vines a-t-il dérobé le corps de votre père?

– Il y a deux, ou peut-être trois jours, dit Charley. Il l'a volé à l'hôpital à Albuquerque. Et il est rentré en possession du trophée.

– Mais comment a-t-il pu faire ça? Il s'est introduit, dans l'hôpital, comme ça, et il a emporté le corps, comme ça?

– Vines est un sorcier, fit Charley en haussant les épaules. L'hôpital m'a téléphoné pour m'annoncer que mon père était mort, me demander ce qu'il fallait faire du corps. Quand je suis arrivé, Vines avait déjà disposé de la dépouille de mon père. C'est tout ce que je peux vous dire.

– Quelle explication vous a-t-on donné à l'hôpital?

– Ils ignorent ce qui s'est passé. Ils savent

seulement que le corps a disparu. Un des responsables m'a dit que des membres de sa famille avaient dû le faire transporter dans une chapelle funéraire. Il m'a dit aussi qu'ils avaient entreposé le corps à l'endroit où il les mettent toujours et que le lendemain il avait disparu. Il pensait qu'il avait été emporté par les gens d'une entreprise de pompes funèbres.

– Vous avez signalé la chose à la police?

– Ouais, fit Charley. Ils n'ont rien fait.

Ça ne m'étonne pas, pensa Chee. Il imaginait Charley se présentant au Commissariat de police d'Albuquerque, s'efforçant de trouver quelqu'un de disposé à l'écouter, et déclarant à celui-ci, incrédule ou agacé, qu'un corps avait été enlevé de l'hôpital par un sorcier. Quelle plainte pouvait être retenue? Au pire, le transport d'un cadavre avant qu'il ait été soumis à un contrôle médical. Et la police aurait aussitôt flairé quelque embrouille. Le corps réclamé par d'autres parents; une querelle de famille, peut-être. Et Thomas Charley n'était pas en mesure de parler fort et d'exiger des réponses à ses questions. Ces réponses, il les connaissait déjà. La premiere, c'est que personne ne prêterait attention à un Navajo qui réclamait des comptes. La seconde, c'est qu'on s'en tiendrait à l'explication fantaisiste qu'un sorcier s'était envolé avec le cadavre. Chee n'en éprouva pas moins de la colère devant cette façon désinvolte de traiter les gens de son Peuple.

– Les salauds! dit-il. Voulez-vous que je tente de retrouver le corps de votre père?

– Ma foi, dit Charley après avoir réfléchi un moment, je suis à moitié acoma et à moitié navajo, mais je me sens surtout navajo en ce qui concerne le corps d'un défunt. Le vieil homme est mort lorsqu'il a rendu l'esprit et son corps n'a guère pour moi de signification. Mais ma mère est une Acoma, et elle serait apaisée si elle le savait inhumé selon la tradition. Elle déteste surtout l'idée que son corps puisse être aux mains d'un sorcier.

– Je vais voir ce que je peux faire, dit Chee. A votre avis, pour quelle raison Vines a-t-il dérobé le cadavre?

– Ça a quelque chose à voir avec notre église, dit Charley après avoir hésité un instant. Pour vous l'expliquer, je suis obligé de remonter un peu en arrière.

Thomas Charley remonta jusqu'à l'époque où, lors de la Seconde Guerre mondiale, son grand-père travaillait au chemin de fer de Santa Fe. Là, il avait rencontré un Indien de l'Oklahoma qui l'avait initié à l'Eglise primitive américaine et au Seigneur Peyotl. Son grand-père avait alors fondé sa propre église dans la région frontière et un jour le Seigneur Peyotl lui avait accordé une vision. Il travaillait à ce moment-là au creusement d'un puits de pétrole. Le Seigneur Peyotl l'avertit que quelque chose de grave se produirait le lendemain et qu'il devait donner l'ordre à son équipe de ne pas se rendre sur le chantier. Le puits de pétrole avait explosé comme l'avait prédit le Dieu et l'annonce de ce miracle s'était répandue parmi les

Navajos et les Lagunas-Acomas. Résultat, la congrégation du grand-père s'en accrut d'autant. L'année suivante, plus de deux cents fidèles se rallièrent au Seigneur Peyotl. C'est alors que surgit un Blanc. Un prospecteur de gisements d'uranium, un certain Benjamin Vines. Et à une des séances en l'honneur du Seigneur Peyotl, Vines répandit le bruit que lui aussi avait eu une vision lui disant à quel endroit il trouverait un gisement d'uranium.

– Voilà ce que mon père m'a raconté, dit encore Charley. Que Vines était revenu environ un mois plus tard et avait dit à mon grand-père une chose qu'il tenait du Seigneur Peyotl : le lieu exact du gisement d'uranium. Ils tinrent à nouveau séance et à nouveau Vines eut une vision. Cette fois, le Seigneur Peyotl lui dit qu'il avait fait deux miracles au profit de l'église de mon grand-père. La première fois en avertissant ses hommes qu'il allait y avoir une explosion, la seconde fois en indiquant à Vines où se trouvait le gisement d'uranium. Il dit encore que Vines était béni, que les hommes qu'il avait sauvés étaient bénis, eux aussi, et que puisque la bénédiction était venue de dessous la terre, que ce soit le puits de pétrole ou le gisement d'uranium, leur totem serait la Taupe et leur nom celui des Taupes... le Peuple de l'Ombre.

– Et c'est alors que Vines a donné à votre grand-père une taupe pour fétiche?

– Ça s'est passé un peu plus tard, dit Charley. Ils n'avaient pas tenu de réunions depuis un certain temps parce que la police navajo et celle de l'Etat arrêtaient les gens à tour de bras, les fouillaient pour s'assurer qu'ils n'avaient pas sur eux de bourgeons de peyotl. Et Gordo Sena en voulait à tous les membres de notre église. Mais ses membres tinrent alors une réunion dans un lieu secret et Vines remit à mon grand-père et à ceux que le Seigneur Peyotl avait sauvés de l'explosion le fétiche de la Taupe. (Charley se tut un moment, puis il ajouta :) Mais cela est arrivé avant que Vines devienne un sorcier.

– Comment cela s'est-il passé?

– Eh bien, d'abord, c'est mon grand-père qui est tombé malade. Ils ont célébré des chants pour lui, mais ça ne l'a pas beaucoup aidé. Il ne cessait d'entrer, puis de sortir de l'hôpital. Finalement il est mort et Vines l'a enterré au pied de sa maison, de cette maison qu'il était justement en train de construire. Notre église a péréclité pendant plusieurs années jusqu'à ce que mon père lui insuffle une vie nouvelle. Et c'est à ce moment-là que Vines est intervenu. Il a tout tenté pour que mon père lui communique ses secrets de guérisseur, le petit sac contenant herbes et plantes de toutes sortes, le coffret voué au Seigneur Peyotl, le fétiche de la Taupe, enfin tout ce qui concernait nos rites. Mais mon père s'y est refusé. Et depuis Vines n'a plus jamais participé à la cérémonie du Peyotl.

Charley, qui semblait ne plus rien avoir à dire, s'adossa à nouveau au mur et regarda par-dessus la foule l'estrade où se tenait l'homme qui présidait aux ventes aux enchères. Le Texan venait de vendre un petit tapis jaune, un *yei*, pour 45 dollars, et il vantait les qualités d'un autre tapis, gris et noir celui-là, et au dessin en diamant dont on tirerait aisément trois cents dollars dans n'importe quel comptoir de la Réserve.

– Et alors? fit Chee pour l'engager à continuer.

– C'est alors que nous avons entendu courir des bruits, dit Charley après une pause.

– Quel genre de bruit?

– Que Vines était un sorcier.

Charley retomba dans le silence. Son hérédité navajo semblait prendre chez lui le dessus, se dit Chee et, en bon Navajo, il n'aimait pas parler de sorciers.

– En somme, lui fit observer Chee, ce vieux coffret, vous n'y tenez pas spécialement, rempli comme il est de fragments de rocs. Dites-moi simplement où je pourrais le retrouver et je m'arrangerai pour qu'il revienne à son propriétaire. Si on me pose des questions, je dirai que j'ai été mis sur la piste par un coup de téléphone anonyme.

– Il faut d'abord que j'en parle aux membres de mon église, dit Charley après une nouvelle hésitation. (Puis se ravisant :) Il est enterré dans le malpais. Je l'y ai porté puis je l'ai ouvert. Et comme il était lourd, je l'ai laissé là-bas. (Et il expliqua à Chee comment le retrouver.) Il faut que je vous quitte, maintenant, ajouta-t-il. J'ai du travail demain.

– Vous avez vu le type qui parle de vous acheter votre vieille Chevy?

– Non, fit Charley, l'air surpris. Il y a quelqu'un qui veut acheter ce vieux débris?

– C'est ce que m'a dit votre neveu. Paraît qu'un type est venu qui avait cette idée et il a ajouté qu'il vous retrouverait ici.

– Il doit être complètement cinglé, fit Charley, et là-dessus il s'en fut.

Je dois être cinglé, moi aussi, se dit Chee, en regardant Charley s'approcher de l'estrade où un représentant de l'association des tisserands payait à chacun son dû. De vulgaires cailloux dans un coffret à souvenirs. Un B. J. devin. Un B. J. sorcier. Un cadavre dérobé à la morgue d'un hôpital et lui-même qui perdait son temps à s'occuper d'une affaire qui n'avait ni queue ni tête.

Il en perdit encore à suivre les ventes aux enchères, circulant nonchalamment, d'abord, parmi la foule, puis à la recherche de Mary Landon. Elle s'intéressait à lui. De cela il était sûr. Et il était sûr, également, que cela n'avait rien de personnel. Cela se plaçait davantage sur le plan générique qu'individuel. N'importe quel autre Navajo, à l'aspect agréable et à la tenue correcte, aurait tout autant intéressé cette fille aux yeux bleus. C'était tout naturel. Lui, de son côté, s'intéressait tout spécialement aux Blancs et plus encore aux femmes blanches. Les femmes navajos qu'il connaissait – sa mère et ses deux sœurs qui étaient ses « petites mères », et les filles navajos qu'il avait fréquentées ne l'aidaient en rien à comprendre Rosemary Vines. Et il n'avait jamais eu que des rapports lointains avec les filles blanches. La curiosité qu'elles manifestaient à son endroit le glaçait. Avec Mary Landon, il en était autrement. Car lui aussi tenait à l'étudier. Malheureusement, Mary Landon avait disparu.

Il alla jusqu'au parking et savoura l'air frais après la chaleur étouffante de la salle d'école. Thomas Charley, debout près de son camion, s'entretenait avec un Blanc portant un blouson jaune. Cet homme était blond. L'acheteur éventuel de la Chevrolet rouillée et minable avait trouvé son homme. Chee le regarda avec intérêt. Le Blanc dut sentir peser sur lui son regard, car il le regarda à son tour. C'était l'homme qui les avait observés, Charley et lui, tandis qu'adossés au mur ils s'entretenaient longuement. Mary Landon restait invisible.

Il la trouva enfin dans la cuisine de la cafétéria, en train d'aider une demi-douzaine d'aides bénévoles à mettre de l'ordre.

– Le message a été transmis, lui dit-il. Merci.

C'était la troisième fois qu'il lui adressait la parole. Et Chee avait une théorie à ce sujet. Quand vous parlez à quelqu'un pour la troisième fois vous n'êtes plus des étrangers.

– Le message devait être long, lui fit observer Mary Landon. Et je suppose que vous avez eu d'autres sujets d'entretien que l'achat éventuel d'une vieille bagnole.

Le ton était ironique mais elle le corrigea d'un sourire.

Chee chercha désespérément un sujet de conversation qui justifierait sa présence dans cette cuisine, mais comme il ne trouvait rien il finit par dire :

– Vous ne boiriez pas une tasse de café? La cafétéria restera ouverte tard, ce soir.

La première fois qu'elle l'avait regardé elle n'avait vu en lui qu'un sergent de la Police tribale. Maintenant elle voyait un homme qui lui offrait de boire un café avec elle et son regard fut tout différent.

– Il faut d'abord que j'en finisse avec cette vaisselle, lui dit-elle.

– Laissez-moi vous aider, proposa Chee.

Chaque soir, dans sa caravane, Chee lavait la vaisselle – l'assiette, la tasse, le couteau, la fourchette de son petit déjeuner, l'assiette, la tasse et les couverts de son dîner et la poêle qui lui avait servi pour les deux repas, mais depuis ses années d'université, plus jamais il n'avait lavé la vaisselle en société.

– Vous paraissez y prendre plaisir, lui fit observer Mary. Vous vous êtes trompé de vocation.

Chee chercha une réponse spirituelle et n'en trouva point.

Au Crownpoint Café, Chee en apprit un peu plus sur Mary Landon, qui en apprit un peu plus sur lui. Elle était arrivée à Laguna l'année précédente pour remplacer une institutrice victime d'un accident d'automobile. Puis elle avait trouvé un poste à Crownpoint. Originaire d'un village proche de Milwaukee, elle avait suivi des cours à l'université du Wisconsin. Elle aimait le canotage, la marche et en général tous les sports de plein air. Les gens prétentieux lui faisaient horreur. Elle aimait à enseigner aux enfants navajos, mais n'était pas sans se demander où les conduiraient leurs études. Elle espérait apprendre elle-même le navajo, mais avouait que c'était une langue difficile à prononcer dont elle ne connaissait pour le moment que quelques phrases. Elle les dit à Chee qui feignit de la comprendre et elle lui en sut gré, le remerciant d'un chaud sourire. Chee la questionna alors sur ses parents et apprit que son père tenait un magasin d'articles de sport. Mais il ne lui demanda pas la raison de son hostilité envers la police. Ce n'était pas le moment et d'ailleurs elle n'était pas la seule à avoir une telle attitude.

Mary Landon apprit que Chee appartenait au Dinee au Parler Lent, le clan de sa mère, mais qu'il avait été reçu dans les Eaux Amères, le clan de son père. Elle apprit également que Chee avait perdu son père, que son oncle maternel était un *yataali* renommé et elle vivait depuis assez longtemps dans la contrée navajo pour connaître le rôle que jouent les chamans dans les rites cérémoniels de ce Peuple. Il lui parla encore longuement de sa famille, qui allait de ses deux sœurs plus âgées que lui jusqu'à une nuée de cousins, oncles et tantes. L'une d'entre elles représentait la région pétrolifère du district au Conseil tribal.

– Elle est la sœur de ma mère, ce qui fait d'elle

« ma petite mère », expliqua Chee. C'est une vraie tigresse.

– Vous ne jouez pas le jeu, lui reprocha Mary Landon. Je vous ai parlé de moi et vous ne me parlez que de votre famille.

Chee fut surpris. Selon lui, chacun se définit par sa famille. Mais il lui vint à l'esprit que pour les Blancs il en allait différemment. Ils s'identifiaient eux-mêmes par ce qu'ils avaient accompli individuellement. Il ajouta machinalement du sucre dans son café tout en remuant ces pensées.

– C'est ainsi que nous jouons le jeu. Si je vous présentais à des Navajos je ne dirais pas : « C'est Mary Landon qui enseigne à Crownpoint, etc. » Je dirais : cette femme est un membre de... je citerais le clan de la famille de votre mère et de la famille de votre père... puis je parlerais de vos oncles et de vos tantes afin qu'on sache exactement où vous situer parmi les gens qui vous entourent.

– Cette femme? répéta Mary Landon. Vous ne diriez pas mon nom?

– Non, ce serait considéré comme impoli. Maintenant, de plus en plus des nôtres portent des noms anglais, mais parmi les Navajos traditionalistes il est grossier de dire le nom d'une personne en sa présence. Les noms servent simplement à désigner quelqu'un quand ce quelqu'un n'est pas là.

– Je trouve ça... et Mary Landon s'arrêta brusquement.

– Absurde? dit Chee. C'est tout un système

qu'il vous faut comprendre. Nos noms véritables doivent rester secrets. Nous les appelons nos noms de guerre. C'est un membre très proche de votre famille qui vous le donne quand vous êtes encore petit. Seule une demi-douzaine de personnes le connaissent et il sert uniquement au cours d'un cérémonial. S'il s'agit d'une fille lorsqu'on célèbre sa « Kinaalda », c'est-à-dire sa puberté, ou encore si l'on a créé un chant en son honneur. Puis à mesure que vous grandissez, les gens vous donnent des surnoms, tels que « Bébé Pleurard », « Coureur Rapide », ou encore, « Longues Mains », « Le Malbâti ». (Chee se prit à rire et ajouta :) Dans ma famille paternelle, j'ai un oncle que l'on a surnommé « Le Menteur ».

– Et qu'en est-il de Jim Chee? Est-ce votre véritable nom?

– Est venue l'époque des comptoirs, dit Chee. Est venu le temps de l'homme blanc. Il lui fallait un nom à inscrire lorsque l'un de nous engageait pour un peu d'argent ses ornements les plus précieux, ou lorsqu'il demandait un crédit à l'épicerie. Les trafiquants n'appréciaient pas les surnoms et il nous a fallu porter un nom sur nos actes de naissance. C'est ainsi que l'on acquiert un nom de famille tel que le mien. Mais j'ai également des surnoms. Deux ou trois, même. Et je suis persuadé que vous en avez aussi.

– Moi? fit Mary Landon qui parut surprise.

– Depuis combien de temps êtes-vous à Crownpoint? Trois mois? Alors les gens vous en ont sûrement donné.

– Comme quoi, par exemple?

– Un surnom qui vous convient, fit Chee en haussant les épaules. « La jolie Institutrice », ou « la Fille aux Cheveux blonds », ou « aux Yeux bleus », ou encore « Celle qui parle vite ». Voulez-vous que je vous en trouve d'autres?

– Volontiers. Non, tout compte fait, je préfère pas. Et vous, quels surnoms vous ont-ils donnés?

– Ici? Je ne sais pas. Mais quand j'étais à Rough Rock ils m'appelaient... (Il se tut un instant puis dit un mot en navajo en articulant soigneusement, et ajouta :) Cela signifie « Celui qui étudie pour devenir chanteur ».

– Oh, dit Mary Landon. C'est ce que vous êtes?

– Ce que j'étais, rectifia Chee. Mais d'une certaine façon, je le suis toujours. Mais cela dépend.

– De quoi?

– J'ai postulé pour entrer au F.B.I. Un peu pour me rendre compte de quoi j'étais capable. J'ai passé des tests. J'ai passé aussi devant un véritable jury, à Albuquerque. Et la semaine passée j'ai reçu une lettre m'annonçant que j'avais été reçu. Je dois en principe me présenter à l'Ecole militaire de Virginie le 10 décembre.

– Ainsi vous allez devenir un agent du F.B.I., fit Mary Landon en le regardant d'un air intrigué.

– Je ne sais pas encore.

– Vous n'avez pas encore décidé?

– Rien ne presse. Je mesure le temps à la façon navajo.

Mais en disant cela Chee sentit que ses paroles sonnaient faux. Le 10 décembre, c'était dans quatre semaines. Et la décision à prendre était inéluctable.

– Vous ne pouvez pas être à la fois un « guérisseur » navajo et un agent du F.B.I.?

– Non, reconnut Chee.

Il avait envie de changer de sujet, de parler d'autre chose. Mais il n'ignorait pas qu'en effet il ne pouvait pas être à la fois un Navajo et un agent du F.B.I.

– Au fait, dit-il, je ne vous ai pas remerciée pour m'avoir aidé à découvrir Thomas Charley. J'ai appris par lui ce que je désirais savoir. A condition, bien entendu, qu'il m'ait dit la vérité.

– On ment beaucoup dans votre métier?

La question paraissait innocente, et dans ce cas il était facile à Chee de répondre qu'en effet les gens disent rarement la vérité à un policier. Mais il comprit l'allusion et y répondit en conséquence.

– Je m'excuse, dit-il. Je lui ai effectivement transmis le message de son neveu, mais je tenais également à le voir pour une question qui regarde la police.

– Et vous ne pouvez pas m'en parler.

C'était plus une affirmation qu'une question et la réponse aurait dû être : « Non, effectivement, je ne le peux pas. » Mais Chee sentit chez Mary Landon une certaine hostilité – peut-être aurait-il été plus juste de parler de méfiance et de prudence – et il s'entendit répondre tout autrement.

– Si, je peux vous en parler, si vous ne redoutez pas le récit compliqué d'une affaire qui en réalité n'a pas une très grande importance.

Non, elle ne le redoutait pas. Chee lui parla alors de Vines, et Mme Vines, du coffret volé, du shérif Gordo Sena, du Peuple de l'Ombre, du cadavre qui avait disparu, et il lui dit enfin à quel endroit Thomas Charley avait dissimulé le coffret.

– Si vous considérez la chose d'un œil détaché, dit-il, vous verrez qu'il s'agit tout simplement d'un policier navajo qui veut satisfaire sa curiosité. Un délit de peu d'importance et une absence totale de motifs judiciaires.

– Mais c'est tout de même curieux, dit la jeune fille. Qu'est-il arrivé exactement au père de Charley? Et qu'allez-vous faire, maintenant?

– Pour la disparition du corps, je n'en sais rien. Il a dû être égaré dans le maquis de la bureaucratie et personne ne s'en soucie assez pour s'efforcer de le retrouver. Mais ce que je vais faire, c'est d'aller dans le malpais, dès que j'aurai un moment, déterrer le coffret, examiner de plus près ces fragments de roche et enfin restituer le coffret à Vines. Il ne tient pas à rentrer en possession de ce coffret, à ce qu'il dit, mais peut-être tient-il à ses médailles.

– Et que lui direz-vous?

– Rien. Je passerai un coup de fil au shérif de Grants, je lui dirai que j'ai reçu un avis anonyme m'indiquant le lieu exact où trouver le coffret, que je l'ai effectivement retrouvé et je le prierai d'avertir les Vines, qui viendront le chercher s'ils le désirent.

Mary Landon se contenta de hausser les sourcils et d'avaler une gorgée de café.

– Oui, je sais, c'est un mensonge, dit Chee. Mais je ne vois pas d'autre moyen de restituer le coffret à Vines sans envoyer Charley en prison.

– Oui, évidemment. Une chose encore m'étonne. Comment Charley a-t-il deviné qu'il pouvait vous faire confiance?

– Sans doute parce que j'inspire confiance, fit Chee, et il haussa les épaules.

– Ce n'est pas mon avis, dit Mary, mais son rire atténua sa réponse. Pourrais-je aller avec vous à la recherche de ce coffret?

– Certainement, dit Chee. Nous irons dès demain.

Les appartements que le district de Crownpoint mettait à la disposition des professeurs se trouvaient à quelques centaines de mètres de l'école, actuellement plongée dans l'obscurité. Dans le parking, un unique camion, une Ford bleue 150. Chee ralentit pour mieux l'examiner.

– Les immeubles locatifs sont un peu plus loin, lui fit observer Mary Landon.

– Je sais, dit Chee. Je vous y conduis dans une minute.

Il pénétra dans le parking, se gara à côté du camion.

– C'est le camion de Charley, dit-il. Pourquoi diable l'a-t-il laissé ici?

La portière était fermée à clé. Le gel avait rendu le pare-brise complètement opaque. Chee fit le tour du véhicule, en éclaira l'intérieur à l'aide de sa torche, cherchant une réponse à sa question. Il n'en trouva pas.

CHAPITRE XIII

Malpais, traduit littéralement de l'espagnol, signifie « le mauvais pays ». Au Nouveau-Mexique, il désigne tout spécialement d'immenses étendues de coulées de lave qui forment des taches noires sur les cartes de l'Etat. Dans la région frontière, le malpais s'étend jusqu'au pied du Mont Taylor, dû tout comme lui à l'éruption volcanique qui, il y a des millénaires, projeta vers le ciel ce pic de 5 000 mètres de haut. Depuis, le Mont Taylor s'est quelque peu affaissé et de nouvelles coulées de lave partant de craquelures de sa base ont répandu des flots de basalte en fusion qui, sur une longueur de soixante kilomètres, ont empli la vallée qui s'étend entre Cebolleta Mesa et les Monts Zuni. La partie la plus ancienne du malpais a peu à peu été adoucie par des algues, des mousses, la pluie, le vent et par une herbe du désert particulièrement résistante. La piste que suivait Chee zigzaguait à travers une coulée ancienne relativement nivelée, mais sa voiture de patrouille n'en était pas moins durement secouée.

– C'est la première fois que je m'enfonce aussi profondément dans cette région, lui avoua Mary Landon. On dirait qu'un géant a répandu un océan d'encre noire qui s'est brusquement solidifiée.

– Les rongeurs eux-mêmes sont noirs, lui fit observer Chee. Du mimétisme, je suppose, pour assurer leur protection.

– Je ne peux pas imaginer qu'il y ait ici quoi que ce soit de vivant.

– Il y a des reptiles, dit Chee. Toutes sortes de serpents et de lézards. Et même de petits mammifères. Des lapins, des souris, des kangourous-rats.

– Qu'est-ce qu'ils boivent?

– Certains, rien. D'autres trouvent un peu d'eau dans les maigres plantes dont ils se nourrissent. De plus, la pluie, la neige en fondant s'écoulent dans des sortes de cavités et çà et là jaillissent des sources. C'est justement là que nous allons. Charley a une source tout près d'ici. Il y recueille des herbes médicinales, du datura par exemple, et d'autres plantes dont il a besoin pour son cérémonial. C'est près de cette source qu'il a déposé le coffret.

– Mais comment ferez-vous pour le dénicher?

– Moitié par déduction, et moitié grâce aux indications que m'a données Charley. Il m'a bien recommandé de suivre la piste jusqu'à l'endroit où une coulée de lave plus récente traverse la coulée la plus ancienne. Comme ici, tenez. Il m'a dit aussi qu'à cet endroit, la piste bifurque. Vous voyez? Droit devant vous. La source se trouve à une centaine de mètres dans la branche droite de la piste. Charley a ajouté qu'un buisson de tamaris y a poussé. Vous le voyez? Là-bas?

– Pourquoi n'y allez-vous pas directement?

– Parce que je veux vous montrer de près une coulée de lave relativement récente. Je vais garer ma voiture et nous nous y rendrons à pied.

La lave « récente » datait bien d'un millier d'années. Noire comme du charbon, rugueuse, tourmentée, avec çà et là des traces de l'écume qui s'y était formée lorsqu'elle coulait, bouillante et bouillonnante. Ils franchirent la coulée la plus ancienne jusqu'à la plus récente et leur regard embrassa l'immense étendue de lave noire, inégale, cahotique, qui s'étendait jusqu'au pied de la silhouette bleue de la Cebolleta Mesa.

– C'est impressionnant, dit Mary. On a le sentiment de remonter cent millions d'années en arrière.

La coulée la plus ancienne était plus aisée à franchir. Les siècles l'avaient peu à peu nivelée et de noire elle était devenue grise. De plus elle était couverte de lichen et dans les fissures où la poussière s'était accumulée, l'herbe poussait. Chee parlait à Mary, qui l'écoutait attentivement, des rites navajos. Il portait un sac contenant une thermos de café, des hamburgers géants et deux pommes. Depuis l'école, jamais plus il ne s'était rendu à un pique-nique et il se sentait tout joyeux.

Sur leur droite, les rayons du soleil illuminaient les pentes couvertes de neige du Mont Taylor qui se détachait, brillant, sur le ciel d'un bleu profond.

– Nous l'appelons le Mont Turquoise, dit Chee. Une jeune fille nommée Turquoise se tient à son sommet pour veiller sur les Navajos et le Grand Serpent est là pour la défendre.

– A propos de serpents, est-ce que je me trompe ou est-ce qu'ils hivernent bien? Ou est-ce encore là une de vos légendes?

Elle gravissait une sorte de boursouflure et, arrivée au sommet, elle vit la source et le buisson de tamaris.

– Il est prudent d'éviter ces poches, lui dit Chee. Ce sont de très anciennes bulles. Certaines sont si minces que vous pourriez passer à travers et vous retrouver...

Il n'en dit pas davantage. Clouée sur place, Mary semblait terrifiée.

– Jim, dit-elle d'une voix étranglée, il y a quelqu'un.

Chee la rejoignit.

Juste au-dessous de l'endroit où ils se tenaient s'ouvrait une sorte d'entonnoir empli d'une eau à la fois sombre et limpide, et bordé de massettes, de roseaux et d'herbe à bison. L'homme était vêtu d'un tartan rouge et noir, et son feutre noir avait roulé près de sa tête. Il avait les mains liées dans le dos par ce qui semblait être un cordon électrique.

– Je crois qu'il est mort, dit Mary d'une toute petite voix.

– Je vais m'en assurer, dit Chee. (La main gauche, tordue, semblait couverte d'un liquide sombre.) En attendant, vous feriez mieux d'aller m'attendre dans la voiture.

– Bien, dit Mary.

L'homme agenouillé n'était autre que Thomas Charley. Sa main était gantée de sang séché. Cependant, lorsque Chee lui tâta la nuque pour s'assurer qu'il était bien mort, il s'aperçut que sous ses doigts la chair était encore souple et tiède. La mort de Thomas Charley ne remontait qu'à quelques minutes. Chee se rappela alors qu'il avait laissé son revolver qui lui paraissait déplacé, pour un pique-nique avec une fille, dans la boîte à gants fermée de sa voiture de patrouille. Peut-être Thomas Charley gisait-il là depuis des heures et peut-être avait-il mis longtemps à mourir. Peut-être aussi avait-il été tué quelques instants auparavant et dans ce cas le meurtrier ne devait pas être loin.

Chee examina une seconde fois le corps. Il ne portait aucune trace de balle et on ne voyait du sang que sur sa main. Une main qui avait été méthodiquement mutilée. Il chercha dans le tartan le trou d'une balle. Rien. C'est alors qu'il remarqua que les cheveux noirs de Charley, sur sa nuque, avaient été roussis. Il s'agenouilla à côté du corps, écarta doucement les cheveux. Oui, c'était bien là que la balle avait frappé, laissant à la base du crâne un petit trou rond. Un trou fait par une balle, pas plus grande sans doute qu'un calibre 22.

Le bruit d'une voiture qui démarrait lui parvint, tout proche. Le son semblait provenir d'au-dela des tamaris. Chee fit le tour de l'entonnoir, conscient que le conducteur devait être armé. La voiture qu'il vit à travers l'écran du bouquet de tamaris était une Plymouth verte et blanche, celle qu'il avait vue parquée à côté de la voiture de Charley. Elle s'éloignait le long de la piste. Impossible de distinguer le visage de l'homme au volant. Chee dévala la pente et s'élança sur la coulée de lave. Lorsque la Plymouth arriverait à l'endroit où la piste bifurquait, elle prendrait à gauche, en direction de la grand-route et de Grants. Chee pourrait alors distinguer les traits du conducteur. Un coup d'œil lui suffirait pour confirmer ce qu'il savait déjà. Ce serait l'homme blond au blouson jaune.

Mais la Plymouth ne tourna pas à gauche. Elle prit à droite et se dirigea lentement, en cahotant, vers la voiture de patrouille de Chee.

Il vit Mary qui, de la place du passager, regardait par la portière, d'abord la voiture qui approchait, puis lui-même.

– Courez, Mary! cria-t-il en mettant ses mains en cornet.

Elle bondit de la portière avant et se mit à courir vers la nouvelle coulée de lave. Elle tenait à la main la carabine 30-30. Chee se rua en direction de sa voiture de patrouille, s'efforçant de se dissimuler derrière les replis et les bosses de l'ancienne coulée de lave. La Plymouth s'immobilisa et le conducteur en descendit. C'était bien l'homme blond au blouson jaune et, le bras levé, il brandissait son revolver sur Mary Landon. Un revolver qui semblait avoir un canon spécialement long et lourd. Une fumée s'en éleva mais Chee n'avait entendu aucune détonation. Mary était maintenant dans la couche neuve de lave et hors de vue. Chee décida de faire le tour de sa voiture, de retrouver Mary et de prendre la carabine. L'homme blond le croyait armé et renoncerait à le poursuivre. Le risque était relativement faible. De plus les chances d'être atteint à une centaine de mètres par un revolver étaient plus faibles encore, à moins que l'homme ne fût un remarquable tireur. Enfin à cette distance, une balle de calibre 22 ne ferait pas de grands dégâts. Chee prit ses jambes à son cou.

La douleur qu'il ressentit fut brusque et fulgurante. Il trébucha, perdit l'équilibre, tomba sur ses mains et ses genoux. Une crise cardiaque, se dit-il d'abord avec un manque total de logique. Puis il sentit du sang ruisseler sur son flanc et se livra à une rapide inspection. La balle semblait lui avoir fracassé une côte. Il tâta l'endroit du bout des doigts et grimaça de douleur. Oui, la balle devait avoir brisé la côte. Mais elle ne semblait pas avoir atteint un organe essentiel. Aucune raison pour changer ses plans, mais il fallait redoubler de prudence. Il se redressa lentement. Il fallait d'abord repérer son adversaire, puis reprendre sa course vers la couche de lave nouvelle en décrivant un vaste cercle.

L'homme blond arrivait directement vers lui en franchissant les vagues de lave grisâtre, le revolver à long canon braqué. Chee plongea. Le type blond semblait peu se soucier que le policier navajo fût armé ou pas, ou peut-être savait-il qu'il ne l'était pas. Peut-être aussi avait-il remarqué que Chee ne portait pas son étui. Il voulait en finir avec lui comme il en avait fini avec Thomas Charley. Chee sentit la panique le gagner, se ressaisit et se mit à courir en zigzags. Il se soucierait ensuite de rejoindre Mary Landon et la carabine. D'abord rester vivant, ensuite mettre la plus grande distance possible entre le type blond et lui, enfin trouver un coin où se dissimuler. Il escalada une crête et entendit une balle passer en sifflant à son oreille. Au-delà de la crête, la lave en se refroidissant avait formé une sorte de goulet d'environ un mètre cinquante de profondeur. Chee s'y laissa tomber et ressentit comme un coup de poignard en pleine poitrine. Puis il perçut le bruit assourdissant d'un coup de feu, le miaulement d'une balle qui ricochait, puis un autre et un autre encore. Ce n'était pas le bruit du 22 du type blond, muni d'un silencieux, mais celui de son 30-30. Le goulet aboutissait à une sorte de mare entourée d'herbe. Il se retrouvait à la source d'Emerson Charley. Chee s'immobilisa et lança un regard prudent par-dessus le bord. Le type blond se dirigeait vers sa propre voiture et courait le corps penché. Chee vit s'élever un petit nuage de fumée bleue et entendit à nouveau la forte détonation de sa carabine. Puis il repéra l'albinos juste derrière sa voiture de patrouille. Il le perdit un moment de vue et le distingua à nouveau, en train de monter dans sa Plymouth. Celle-ci fit le tour de la voiture de patrouille dans un hurlement de pneus sur le roc, puis s'élança sur la piste à une vitesse qui n'était prudente ni pour les pneus, ni pour les ressorts.

A cet instant Chee s'aperçut que sa propre voiture flambait. Les flammes s'élevaient de l'arrière, alimentées par l'essence coulant du réservoir. Le feu éclata soudain avec force, englobant tout l'arrière du véhicule. Chee contemplait tristement ce spectacle. Pour autant qu'il s'en souvenait, le réservoir était à moitié plein... ce qui faisait une cinquantaine de litres. Et il y en avait le double dans la réserve. Chauffé à point, il exploserait comme une bombe.

Ce qu'il restait de Thomas Charley était toujours agenouillé dans l'herbe, le front dans la poussière. Chee passa devant le corps et ramassa le sac contenant la thermos de café et les éléments du pique-nique. Ils avaient une longue marche à accomplir pour retourner en ville. Chee passa encore cinq minutes à rechercher le coffret dans le voisinage de la source. Pas le moindre coffret. Derrière lui, il entendit le son étouffé du réservoir qui explosait.

– Ça alors! fit Mary Landon quand il la rejoignit. On peut dire que vous autres Navajos vous y entendez pour organiser des pique-niques excitants.

Elle riait, mais d'un rire nerveux. Le feu reprit de plus belle, accompagné d'un jet de flammes comme un des pneus de devant explosait à son tour et elle mit sa main en écran devant son visage pour l'abriter de la chaleur. Sa manche était arrachée et son poignet taché de sang qui coulait d'une longue égratignure qu'elle s'était faite à l'avant-bras.

– Vous n'avez rien? demanda-t-il. Dieu merci, vous avez eu l'idée de prendre la carabine.

– J'étais sûre que vous diriez cela! s'exclama Mary Landon brusquement furieuse. Et pourquoi ne l'aurais-je pas prise? Parce que je suis stupide, c'est cela que vous voulez dire? Je viens de voir un homme ligoté et assassiné, puis l'homme qui l'a tué courant droit sur moi, et vous qui me criez de m'enfuir, le fusil qui est là, dans son fourreau, et vous ne voudriez pas que je le prenne? Simplement parce que je ne suis qu'une pauvre femme, donc une idiote. Je n'aurais pas fait cette réflexion si vous aviez agi comme moi. J'aurais trouvé ça tout naturel. Mais non. Je suis une femme, donc je suis stupide.

– Je m'excuse, fit Chee.

– Qu'est-ce qu'il a, ce foutu fusil? ajouta Mary en le lui tendant, ce qui rappela à Chee que les munitions étaient dans la boîte à gants et qu'elles allaient exploser d'une minute à l'autre.

– Reculons un peu, lui dit-il, et en effet les balles du 30-30 se mirent à exploser, mais sans faire beaucoup plus de bruit que des pétards.

– Je me croyais bonne tireuse, dit encore Mary. Et pourtant je l'ai raté chaque fois.

– Désolé, répéta Chee. Quand je ne m'en sers pas, j'abaisse le cran de mire, et il lui montra comment il effectuait cette opération.

Le regard de Mary alla du visage de Chee à son pouce et à son expression on voyait qu'elle se demandait : il est fou, ce type ou quoi? Elle se contenta de demander :

– Au nom du ciel, pourquoi faites-vous une chose pareille?

– Pour ménager le ressort, dit Chee assez platement.

Brusquement elle se laissa aller contre lui et il la sentit trembler.

– Navrée d'avoir été si désagréable, lui dit-elle, le nez dans son cou, mais je ne suis pas habituée à de telles secousses.

– Moi non plus, lui assura Chee.

– L'homme, là-bas. C'est bien Thomas Charley? Celui que vous recherchiez? Et il est bien mort? Et c'est le type blond qui l'a tué? Vous comprenez ce qui se passe?

– Oui, dit Chee. Enfin, oui et non. Oui, c'était bien Charley. Oui, il est mort. Mais je ne comprends rien à ce qui se passe.

Tandis qu'il parlait Mary s'aperçut que sa chemise était tachée de sang. C'était enfantin, et il le savait, mais cette blessure le rendit un peu moins stupide à ses propres yeux. Si sa côte ne l'avait pas fait à ce point souffrir, et s'il n'avait pas eu dix kilomètres à parcourir avant de rejoindre l'autoroute, il s'en serait presque réjoui.

CHAPITRE XIV

Colton Wolf avait laissé des traces derrière lui. Deux témoins l'avaient vu. Vu de près et distinctement. Ils pouvaient aisément l'identifier. Ils pouvaient établir un lien entre lui, le meurtre et la voiture de location. Au garage où il l'avait louée il y aurait d'autres témoins et on découvrirait qu'il avait donné de faux papiers. Il lança la Plymouth sur la voie rapide, puis sur la 40. Il n'avait pas le temps de se perdre en considérations. Il fallait prendre une décision. Il savait ce qu'il ferait, d'ailleurs, en quittant sa caravane. Il adopterait le Plan B. Le Plan B c'était celui qu'il adoptait, qu'il adopterait plutôt, au cas où la routine habituelle se révélerait trop dangereuse. Il y avait un Plan B et des variantes du Plan B pour chacune de ses opérations, mais il ne l'avait jamais utilisé parce qu'il n'y avait jamais eu d'accrocs. Et surtout parce qu'il n'avait jamais laissé de traces derrière lui.

Cette fois, il en avait laissé partout. Il continua

à rouler en direction de l'ouest sur la 40 après avoir passé l'échangeur de Grants. Là-bas, dans le malpais, ses traces seraient faciles à identifier. Trop peu de monde pour un si grand espace. Si tout s'était passé comme il l'espérait, Colton serait retourné à Albuquerque, il aurait remis la voiture à l'aéroport, pris son camion et regagné sa roulotte. Ça, c'était le Plan A, aussi simple que rapide. Il aurait attendu un jour ou deux, puis il serait reparti le plus tranquillement du monde. Quelque part où il fasse plus chaud. A Houston. par exemple, ou en Californie. N'importe où, en somme, jusqu'à ce qu'il retrouve sa mère. Alors il aurait une maison à lui et un endroit où se fixer.

Mais maintenant il fallait utiliser le Plan B. Cela le conduisait dans l'autre direction... à Gallup. Là, il confierait la voiture à un garage en leur demandant de faire une révision complète, leur laissant une adresse à Gallup où ils le préviendraient quand l'auto serait prête. Il assurerait le mécanicien qu'il n'était pas pressé Il se passerait donc des jours avant qu'on découvre le pot aux roses. Il se rendrait ensuite à pied à la station d'autocars, prendrait le premier qui partait pour Phénix et reviendrait en avion à Albuquerque.

Il roulait dix kilomètres au-dessus de la vitesse permise... petite infraction qu'admettent les agents de l'autoroute. En réalité il n'était pas pressé. Il s'était donné quelques heures de répit en mettant le feu à la voiture du policier ainsi qu'à sa radio. Il avait blessé l'homme, probablement au ventre.

Et il faudrait à la femme au moins trois heures pour sortir de la coulée de lave et donner l'alarme. Le temps qu'on organise sérieusement des recherches et il serait déjà en Arizona, hors d'atteinte.

Une camionnette le dépassa, roulant sans doute vingt kilomètres au-dessus de la limite permise, ce qui signifiait, comme on le lui avait dit au garage, que la police d'Etat fermait les yeux, mais Colton n'accéléra pas, et continua à rouler tranquillement dans la Plymouth, tout en réfléchissant au meilleur moyen d'effacer les traces qu'il avait laissées derrière lui. Jamais, depuis son enfance, lui, Colton, il ne s'était senti aussi vulnérable. Il savait que le policier indien l'avait vu à la vente aux enchères, vu clairement et distinctement. Il savait également que l'Indien et la femme l'avaient revu dans le champ de lave. Colton devait donc abattre le policier et la femme dans les plus brefs délais.

CHAPITRE XV

Adossé à ses oreillers, Jimmy Chee pouvait voir, par la fenêtre du Centre médical du Canton de Bernalillo, l'avenue Lomas et la tour de la bibliothèque de l'Université du Nouveau-Mexique. Des images défilaient sur l'écran de la télévision dont le son avait été coupé. Chee n'entendait que la voix du shérif Gordo Sena, et son visage quand il le regardait en face. Voix et visage étaient également furieux.

– Vous avez fini de me raconter des boniments? vociférait Sena. Dites-moi la vérité, bon Dieu, ça vous changera! Je veux savoir comment vous avez appris que le coffret était entre les mains de Tom Charley. Et ce qu'il y avait dans ce coffret. Et ce qu'il en est advenu. Et pourquoi le type à la Plymouth s'y intéressait.

Et moi, ce que je voudrais savoir, se dit Chee, c'est comment Gordo Sena a persuadé l'infirmière de le laisser entrer. Des gens du F.B.I. avaient demandé à le voir tandis qu'il prenait son petit déjeuner. L'infirmière avait entrouvert la porte, l'avait regardé et lui avait dit : « Vous n'êtes pas en état de recevoir des gens de la police, hein? » et voilà pour le F.B.I. Or une demi-heure plus tard, Gordo avait tout simplement poussé la porte, pénétré dans la chambre, coupé le son de la télévision, pris place dans le fauteuil le plus proche du lit et déclaré : « Bon Dieu, on va tirer les choses au clair. » Ils en étaient maintenant à une trentaine de questions plus tard.

– Je ne savais pas que le coffret était entre les mains de Charley, dit Chee pour la troisième fois. Simple déduction. Je vous ai répété ce que m'a dit Mme Vines, que le vol avait quelque chose à voir avec leur religion. Or leur religion est peyotl, et Charley est le chef des Peyotl. Alors un et un font deux.

– Etait, corrigea Sena. Il était le chef des Peyotl. Alors vous allez voir Charley, vous lui demandez s'il est l'auteur du cambriolage et il le reconnaît aussitôt. C'est ce que vous voulez me faire croire.

– C'est ce qui s'est passé, dit Chee. Enfin pas tout à fait, mais à peu près.

Il avait des bourdonnements dans les oreilles, sa côte le faisait souffrir, et les nausées qui l'avaient tourmenté toute la matinée le reprenaient. Il n'avait plus envie de parler. Il ferma les yeux. Il ne vit plus la face de Sena mais il continuait à entendre sa voix. Les questions pleuvaient. Pourquoi Charley avait-il dérobé le coffret? Que contenait, d'après Charley, le coffret? Et qu'avait-il dit au sujet des Vines? Et enfin que savait Chee du type blond à la Plymouth verte et blanche?

– Quel genre de voix avait-il? demanda Sena.

– Je ne lui ai jamais parlé, dit Chee en ouvrant les yeux.

Il avait déjà répondu à cette question, et même par deux fois.

– Oui, vous me l'avez déjà dit, fit Sena qui ne quittait pas Chee des yeux.

Pourquoi Sena était-il persuadé qu'ils s'étaient parlé? Et pourquoi y accordait-il une telle importance?

Les questions continuaient à pleuvoir. Pourquoi l'albinos avait-il incendié la voiture de patrouille de Chee? La réponse semblait aller de soi pour Chee, mais il la donna quand même. Pour empêcher le policier de le poursuivre et de lancer un appel à la radio qui aurait permis d'arrêter la Plymouth au premier barrage. Et pourquoi le type blond avait-il semblé enclin à poursuivre Mary Landon? Là aussi la réponse allait de soi et là aussi il la donna. Chee et Mary avait eu le temps de voir le meurtrier de près. Il lui fallait donc éliminer des témoins.

– Vous avez retrouvé le coffret? demanda Sena, penché en avant, après avoir rapproché sa chaise du lit.

– Non, dit Chee.

– Thomas Charley l'avait-il ouvert? Vous l'a-t-il dit?

– Oui, il l'a ouvert, fit Chee pour la énième fois.

– Et que contenait-il?

La tête de Chee lui tournait. Il souhaitait que Sena s'en aille. Le visage du shérif ne lui apparaissait plus très nettement.

– Il vous l'a dit? Qu'est-ce qu'il contenait?

– Ce que je vous ai déjà expliqué. Des fragments de roche noire et des souvenirs de guerre... des médailles, un insigne de para, une épaulette et puis quelques vieilles photos. De famille, selon Charley.

– Des fragments de roches, répéta Sena.

– Oui, le coffret en était au trois quarts plein.

Sena garda le silence un moment, ses yeux noirs fixés sur Chee.

– Vous avez des frères? demanda-t-il abruptement.

– Non, fit Chee surpris. Deux sœurs, mais pas de frères.

– Moi, j'en avais un, dit Sena. Mon frère aîné. Il s'appelait Robert. Il était capable et intelligent. Le meilleur élève du collège de Grants. Il a reçu une bourse pour aller à l'université, mais il n'y est pas allé tout de suite. Mon père souffrait du cœur. Alors Robert a travaillé dans les champs de culture d'oignons, puis aux puits de pétrole, enfin des trucs comme ça. Il s'occupait de nous, les gosses. Oui, il prenait soin de nous. Il veillait à ce qu'il ne nous arrive rien. Et puis le père est mort. Il laissait une assurance et Robert a pu enfin aller à l'université. Il faisait des études d'ingénieur.

Sena avait raconté tout cela d'une voix tendue, puis son accent se fit plus traînant. Il regarda ses mains, retint un moment son souffle, puis exhala un long soupir. Quand il leva les yeux, Chee n'y lut plus aucune dureté.

– J'ai un service à vous demander, dit-il. Et c'est une chose qui ne m'arrive pas souvent.

Chee se contenta d'acquiescer de la tête.

– Il faut d'abord que je vous dise comment Robert est mort, dit Sena.

Il décrivit l'explosion du puits de pétrole et comment le chef de l'équipe de manœuvres navajos avait recommandé à ses hommes de ne pas se rendre sur le chantier ce jour-là.

– Un moment j'ai cru que c'était lui qui avait provoqué l'explosion. Maintenant je crois qu'il y a été mêlé d'une façon ou d'une autre. Qu'il savait ce qui allait arriver. Qu'il savait que Robert allait être tué. Or cet homme n'était autre que Dillon Charley, le grand-père de Thomas.

– Qu'attendez-vous de moi? demanda Chee.

– Je veux savoir qui a tué Robert, dit Sena sans lever les yeux. J'aurai sa peau, à ce fils de pute! Vous avez parlé avec Mme Vines. Vous avez parlé avec le petit-fils de Dillon Charley. Il existe un secret relatif au fait d'être indien et de pratiquer la religion peyotl. Quelqu'un vous a certainement dit quelque chose qui vous a permis de tirer des conclusions. Vous en savez plus que vous ne m'en dites, sinon vous n'auriez pas retrouvé aussi vite le coffret de Vines.

– Détrompez-vous, dit Chee. Je ne sais rien. Et en tout cas j'ignore tout de l'explosion du puits de pétrole. Vous croyez que les Vines y sont mêlés d'une façon ou d'une autre?

– Non, fit Sena en secouant la tête. A cette époque, lui n'habitait pas ici et elle n'y est venue qu'après la mort de sa première femme. Et pourtant je suis prêt à jurer que Mme Vines sait quelque chose. Sans cela comment aurait-elle établi un lien entre le vol du coffret et une bande d'Indiens peyotl?

– Je n'en sais rien, avoua Chee.

Un silence tomba. Une ambulance déboucha de l'avenue Lomas et s'engouffra dans l'entrée du Service des Urgences en faisant hurler sa sirène.

– Vous ne pouvez rien me dire de plus? demanda encore Sena.

– Rien que je ne vous ai déjà dit, lui assura Chee.

Sena, un rictus aux lèvres, consulta sa montre puis dit :

– C'est une façon abominable de tuer un homme! Le déchiqueter ainsi! Nous n'avons même pas trouvé assez de restes de Robert pour l'enterrer convenablement. Et une partie de ce que nous avons mis dans son cercueil ne lui appartenait peut-être pas. Une de ses jambes, parce que sa botte y était encore attachée. Un morceau de son torse parce que sa ceinture y adhérait. Et rien de plus. Les coyotes et les buzzards s'étaient chargés du reste pendant deux jours. (Sena fixait sur Chee un regard dur et étincelant.) Ma mère est allée à plusieurs reprises errer sur les lieux. Elle cherchait parmi les buissons d'immortelles un morceau d'os, n'importe quoi qui ait pu lui appartenir. (Sena eut un rire bref qui ressemblait plutôt à un sanglot.) Elle aurait aimé reconstituer entièrement son fils. Que pensez-vous de cela?

Chee ne sut que répondre. L'attitude des Blancs envers leurs morts dépassait son entendement.

– Deux choses encore, dit Sena. Une que je vous demande et l'autre que je vous déclare. Si vous pouvez me procurer des renseignements sur les Peyotl, sur les Vines, ou quoi que ce soit qui puisse m'aider, vous me rendrez un immense service, et je n'oublie jamais un service rendu. Mais je vous prie de façon formelle de vous tenir en dehors de ma juridiction. Cette affaire m'appartient exclusivement. Le cambriolage, le meurtre et tout. Oui, ça me regarde. Et il y a longtemps que ça me regarde. Alors n'empiétez pas sur mes prérogatives. Je vous l'ai déja dit une fois, mais vous n'avez pas semblé y prendre garde.

Sena parlait d'une voix tremblante. Il se tut un moment pour retrouver son calme et reprit :

– J'ai la réputation d'être un homme dur. Il m'est arrivé, à cause de mon métier, de tuer un homme ou deux. Il m'est aussi arrivé, à ce que disent les gens, d'en tuer qui ne le méritaient pas. Et une chose encore. Vous croyez avoir joué de malchance lorsque l'albinos a tente de vous abattre, là-bas, dans le malpais. Dites-vous bien que vous avez eu de la chance que je ne sois pas, moi, à votre poursuite.

Là-dessus, il se leva, plaça soigneusement sa

chaise contre le mur et sortit sans un regard et sans un mot.

Chee se remit à regarder, par la fenêtre, le campus de l'Université du Nouveau-Mexique. Il s'étonna d'abord de la haine que lui vouait Sena. Puis il s'étonna aussi de la forme qu'avait prise son interrogatoire. Il ne s'était pas exprimé comme un policier questionnant un collègue sur une affaire en cours. Non, il avait interrogé Chee comme s'il voyait en lui un témoin hostile qui se gardait bien de lui dire tout ce qu'il savait. Mais en somme, que diable Sena voulait-il apprendre?

C'était évident, en partie, mais obscur aussi. Chee s'efforça d'y voir plus clair. A trois reprises, et sous des formes différentes, Sena s'était efforcé de lui faire dire s'il y avait eu le moindre échange de propos entre le type blond et lui. L'albinos travaillerait-il pour le shérif? Sena aurait-il loué ses services pour arracher le coffret à Thomas Charley? Impossible de répondre à ces questions. Il paraissait plus logique de penser qu'il avait été engagé par les Vines.

Le téléphone sonna. Chee grogna une réponse.

– Ici le sergent Hunt, du Service de Police d'Albuquerque. Etes-vous en état de recevoir une visite?

La voix était douce et courtoise.

– Pourquoi pas? dit Chee.

– Alors prévenez votre infirmière, implora le sergent. Car elle refuse de me laisser entrer.

– Je la préviendrai, dit Chee.

– Dans ce cas, j'arrive, fit Hunt, et il raccrocha.

Chee appuya sur un bouton pour appeler une des infirmières. Pourquoi diable lui envoyait-on un représentant de la Police d'Albuquerque? Le cas concernait plutôt le F.B.I. ou encore, comme le disait Sena avec insistance, le shérif du canton de Valencia. Il s'agissait de savoir si on s'occupait du vol qui avait eu lieu dans la partie de la Réserve placée sous juridiction fédérale, ou du meurtre, qui était probablement du domaine de Sena. Tout dépendait de l'endroit ou passait la ligne de démarcation, mais en aucun cas cela ne pouvait concerner la police d'Albuquerque.

Hunt était un homme de petite taille, aux yeux d'un gris très pâle, au visage étroit et osseux.

– On dirait que vous avez oublié de vous dissimuler à temps, fit-il en entrant. Si cela vous intéresse, vous avez dû être touché par un calibre 22.

– Il pourrait s'agir d'un revolver calibre 22 muni d'un silencieux, dit Chee. J'aime mieux vous dire que ça m'a fait l'impression d'un boulet de canon.

– J'ai lu le rapport que vous avez fait à la police d'Etat, dit Hunt. Il semblerait que vous ayez vu votre assassin d'assez près?

– Oui, fit Chee. D'assez près.

En réalité, il s'efforçait de se rappeler ce qu'il avait déclaré au policier qui l'avait interrogé. Tout était assez flou dans son esprit. Ils s'étaient mis en route en direction de l'autoroute, Mary Landon et lui. Mais très vite la douleur était devenue insupportable et sa marche en avait pâti. Il ressentait à chaque pas comme un coup de poignard en pleine poitrine. Puis bientôt la tête lui avait tourné. Il s'était laissé tomber en bordure de la piste. Mary avait étendu son manteau sur le sol, l'avait obligé à s'étendre, puis était partie en courant dans l'espoir d'arrêter un automobiliste et de réclamer de l'aide. Chee avait somnolé, s'était réveillé, avait somnolé encore. Finalement, alors que le soleil était à la verticale au-dessus de sa tête, il avait ouvert les yeux. Un homme portant l'uniforme noir de la Police de l'Etat du Nouveau-Mexique était penché sur lui. Il se rappelait vaguement avoir parlé à ce policier, il revoyait encore le visage anxieux de Mary, la voiture de police qui l'avait transporté jusqu'à l'autoroute et enfin son transfert dans une ambulance. Il se souvenait aussi que dans l'ambulance Mary était assise à côté de lui. Mais c'était vraiment tout ce dont il se souvenait. Et au fait, où était Mary?

– Nous serions heureux d'avoir de lui un signalement très précis, dit Hunt. Ça vous ennuierait de me le donner?

– Un homme de taille moyenne, dit Chee. Dans les trente ans. Mesure sans doute dans les un mètre soixante. Peut-être moins. Et doit peser environ soixante-quinze kilos. Paraît en bonne forme physique. Cheveux coupés court, d'un blond très pâle. On pourrait presque dire un albinos. Un visage fortement charpenté. Le menton fort, les yeux bleus, les sourcils clairs. Ni barbe, ni moustaches. Le teint clair, et même pâle. Des oreilles assez grandes, mais bien collées contre le crâne.

Hunt avait pris des notes. Chee ferma les yeux et revit le visage de l'homme qu'il avait remarqué à la vente aux enchères, et dont les yeux d'un bleu pâle l'observaient.

– Je ne vois pas d'autres détails à vous donner. Un type qui paraissait plutôt dangereux, si vous voyez ce que je veux dire.

– Est-ce qu'il lui ressemble? demanda Hunt qui entre-temps avait ouvert une enveloppe de papier bulle et tendu à Chee un croquis au crayon sur fin carton, un dessin exécuté par un policier de talent et qui ressemblait singulièrement à l'albinos.

– Ça pourrait être lui, dit Chee en lui rendant le croquis. C'est probablement lui. Qui est-ce?

– Nous n'en sommes pas sûrs.

La côte de Chee le faisait souffrir. Des nausées lui revenaient par vagues et ses oreilles sifflaient. Il n'avait nulle envie de se montrer aimable.

– Au nom du ciel, fit-il ne jouons pas à ce petit jeu. A qui devait ressembler ce croquis? Et en quoi est-ce que ça regarde la Police d'Albuquerque? La chose s'est passée largement hors de votre territoire.

– Laissez-moi vous expliquer les choses, dit Hunt. Nous avons, dans la section des Recherches, un dossier sur les crimes impunis, et je suis chargé d'enquêter sur eux. C'est-à-dire de vérifier tous les six mois s'il s'est passé quelque chose qui pourrait nous être utile. Or l'été passé, nous avons eu un double crime qui n'a jamais été résolu. Deux hommes au volant d'un camion-remorque venaient enlever un camion dans la zone réservée d'un parking lorsque le camion en question a explosé, les tuant tous les deux. Par chance nous avons découvert un témoin qui d'une fenêtre avait assisté à la scène. Une femme, une scientifique, qui nous a donné le signalement d'un homme qui ressemblait singulièrement à celui-là, et qu'elle a vu déposer un objet à l'arrière du camion avant que celui-ci n'explose.

– Tiens, fit Chee, qui ne sentait plus sa côte ni ses nausées, et qui commençait enfin à y voir clair. (Et comme Hunt le regardait, attendant un commentaire, Chee ajouta :) C'est intéressant.

– En effet, reconnut Hunt. Mais nous n'avons pu trouver aucune explication à ce crime. On peut supposer que si un type place une bombe dans un camion c'est pour que le conducteur soit tué. Mais dans ce cas qui nous occupe, le conducteur était un malheureux Navajo qui se mourait d'un cancer. Qui n'en avait plus pour longtemps. Alors pourquoi s'en prendre à lui? Nous avons alors enquêté sur le propriétaire de l'espace réservé du parking. Un médecin de grand renom. Question d'argent? En difficulté avec sa femme? Demandait-elle le divorce? Nous n'avions aucune preuve, mais nous pensions que le médecin était peut-être visé. Et maintenant nous découvrons un autre assassinat par bombe accompli par un Navajo qui porte le même nom de famille que l'autre.

– Ce n'est pas étonnant, dit Chee. Ils sont père et fils.

– C'est exactement ce que j'espérais vous entendre dire! s'exclama Hunt en se tapant la cuisse. Père et fils, ou peut-être frères. Vous êtes sûr de ce que vous avancez?

– Sûr et certain, dit Chee.

– Voilà qui nous montre les choses sous un jour nouveau, dit Hunt. Et qui devrait nous en apprendre pas mal.

En effet, se dit Chee. Nous en apprendre pas mal, mais sur quoi?

– Quoi, par exemple? demanda-t-il.

– Nous savons maintenant que le médecin n'était pas visé. Et si l'homme qui avait placé la bombe cherchait à atteindre Charley Fils, il pouvait aussi viser Charley Père.

– Oui, dit Chee dont les tempes battaient encore.

Mais qui donc engagerait un tueur professionnel pour assassiner un homme qui se mourait? Et qui avait intérêt à hâter la mort d'Emerson Charley? Il n'aurait su le dire. Hunt l'observait, attendant des éclaircissements.

– A-t-on retrouvé le corps d'Emerson Charley? demanda Chee.

– Que voulez-vous dire? fit Hunt en fronçant le sourcil.

– D'après ce que m'a dit Thomas Charley, l'hôpital a égaré la dépouille de son père. Emerson est mort dans la nuit, Thomas est venu réclamer le lendemain matin le corps qui avait disparu de la morgue de l'hôpital.

– Je ne savais rien de cette affaire, fit Hunt, indigné. Par Dieu, pourquoi ne nous a-t-on rien dit?

– Thomas a fait une déclaration au Service de Police d'Albuquerque, dit Chee.

– Vous savez comment ça se passe, dit Hunt, l'air gêné. Un quelconque sous-fifre a pris note de sa déclaration, a rempli un formulaire, un autre a fait quelques vagues démarches et ça en est resté là. Personne ne s'est vraiment intéressé à la chose. Entre-temps l'affaire de la bombe était tombée en sommeil et personne ne pouvait deviner que notre section de recherches s'intéressait à un Navajo malade.

– Oui, je m'en doute, dit Chee.

– Je vais m'en occuper immédiatement, reprit Hunt en fronçant encore le sourcil. Comment peut-on, dans un hôpital, égarer un corps?

– Thomas pense qu'il a été dérobé.

– Dérobé? Mais pourquoi? Et par qui? Par ce type?

Et Hunt tapota le croquis qu'il tenait toujours à la main.

– Thomas pense qu'un sorcier l'a volé, dit Chee qui n'avait aucune envie de parler des Vines.

Pourquoi? Bien malin qui le dirait, mais déjà il apercevait une raison.

– De quoi est-il mort? demanda Hunt. On nous avait dit qu'il était atteint d'un cancer.

– Peut-être que celui qui s'est efforcé de hâter

sa fin à l'aide d'une bombe a trouvé un autre moyen de s'en débarrasser? C'est bien ce que vous pensez? demanda Chee qui appréciait la manière dont travaillait l'esprit de Hunt et qui se prenait de sympathie pour lui.

– Exactement, dit Hunt. Si le corps a disparu, il n'y aura pas d'autopsie. Je vais m'occuper de cette affaire.

– Parfait, dit Chee.

– Je vous tiendrai au courant, promit Hunt. Ah, une chose encore. (Il retira de l'enveloppe le croquis qu'il y avait fourré et l'examina encore.) Si notre homme est le même que le vôtre, ce serait une grosse prise et le F.B.I. s'y intéresserait vivement.

– Ils sont venus me voir, ce matin, dit Chee, mais l'infirmière n'a pas voulu les laisser entrer. Que me voulaient-ils?

– Il y a quelques années, il y a eu une succession de meurtres tous exécutés de la même manière. Des gens tués d'une balle de 22 en pleine tête. Ensuite il y a eu deux cas où une personne a été tuée à l'aide d'un 22 et l'autre par bombe. Un couple de forbans qui appartenaient à un syndicat du Bâtiment, à Houston, et un témoin dans une affaire d'extorsions de fonds à Philadelphie. Le plus souvent à l'aide d'un petit revolver muni d'un silencieux, et à deux reprises par bombe. Et les deux fois, ces bombes étaient du genre qui explose dès que l'on remue le paquet, ce qui est extrêmement ingénieux.

– Dès que l'on remue le paquet?

– C'est simple comme bonjour, expliqua Hunt. Le contact électrique est établi à l'aide de mercure. Vous placez la bombe soigneusement enveloppée à l'endroit voulu, vous retirez le dispositif de sûreté et dès que l'on imprime à l'engin la plus légère secousse le mercure glisse et la bombe éclate. Pas le moindre mécanisme, aucun système d'horlogerie. Si le conducteur n'a pas remarqué un colis suspect la bombe éclate quand il démarre; s'il le voit et s'en saisit, la bombe lui explose dans les mains.

– Mais alors, que s'est-il passé cette fois-là?

– Manque de pot. Une équipe venait enlever un camion en infraction. Les hommes commençaient à soulever l'arrière quand, crac, boum, la bombe a explosé. Oui, un vrai manque de pot. Car en réalité c'est un truc sensationnel et je me suis laissé dire que la C.I.A. l'a raflé.

Le type du F.B.I. arriva à l'instant où Hunt partait. Un certain Martin. Un homme jeune, vêtu d'un complet marron avec veste. Sa petite moustache était soigneusement rognée, sa coupe de cheveux impeccable. Etre reçu après un policier d'Albuquerque ne parut pas lui plaire.

– L'infirmière m'avait dit que vous dormiez, dit-il, et c'était plus une accusation qu'une déclaration.

– Non, dit Chee, mais je regardais un match de rugby et je suppose qu'elle n'a pas voulu me déranger. Vous aimez le rugby?

Mais Martin ne se laissait pas si aisément détourner du but de sa visite. Il venait se renseigner sur le type aux cheveux paille. Apprendre pour quelle raison quelqu'un souhaitait la mort de Thomas Charley. Savoir ce qu'il en était du cambriolage qui avait eu lieu chez les Vines. Il fallut à Chee moins de cinq minutes pour dire tout ce qu'il savait sur ces trois sujets et dix minutes de plus pour les reprendre sous un angle légèrement différent.

– Vous n'avez rien découvert dans la voiture de ce type? demanda-t-il.

– Nous ne l'avons pas encore retrouvée. Nous pensons qu'elle a été louée chez Hertz, à l'aérogare d'Albuquerque.

Il ouvrit son porte-documents, en sortit une copie du croquis de Hunt.

– Est-ce que votre homme pourrait être celui-ci?

– Il lui ressemble beaucoup, déclara Chee.

– Les employés de chez Hertz l'ont identifié comme l'homme qui a loué une Plymouth verte et blanche. La limite de location est maintenant dépassée. Il a donné comme nom McRae, et une adresse dans l'Indiana. Nous avons vérifié. L'un et l'autre sont faux.

Chee ne fit aucun commentaire. L'entretien avec Hunt l'avait fatigué. Sa côte le faisait souffrir. Ses oreilles tintaient. Il souhaitait vivement voir ce Martin s'en aller.

– Lorsque vous sortirez d'ici, dit Martin, j'aimerais que vous passiez à nos bureaux. Vous pourrez ainsi consulter nos collections de photos de criminels présumés et nous donner plus de détails si vous parveniez à l'identifier.

– Des photos de criminels? Vous pensez avoir un dossier sur lui?

– Non, pas vraiment. Disons plutôt que nous avons, au cours des dix dernières années, accumulé une liste impressionnante de soupçons. C'est pourquoi nous voudrions que vous passiez à nos bureaux. Et nous vous demandons également de chercher dans vos souvenirs tout ce qui pourrait nous servir, je dis bien tout.

Chee se contenta, sans répondre, de fermer les yeux.

– C'est important, dit encore Martin. Ce type nous glisse entre les doigts. Le petit revolver dont il se sert doit être vraiment silencieux. Et il exécute ses crimes de façon à ne pouvoir être soupçonné. Il doit d'abord étudier soigneusement les lieux. Il s'arrange ensuite pour être seul avec sa victime et la tue d'une balle dans la tête. Il aime à pratiquer ça dans des W.C. publics, par exemple. Nous avons trouvé ainsi quatre malheureux encore assis sur la cuvette des cabinets, la porte de la stalle fermée. Cela s'est passé également par deux fois dans une cabine téléphonique. Bref, des endroits de ce genre. Il tire en vitesse et se tire en vitesse. Jamais de témoins. Du moins pas jusqu'à la dernière bombe. Et maintenant nous avons pour témoins Miss Landon et vous.

– Nous sommes les premiers témoins? fit Chee en ouvrant de grands yeux.

– Les premiers à notre connaissance, fit Martin

qui l'observait. (Il ignorait que quelqu'un l'avait vu placer une bombe dans le camion de Charley.) Un type de taille moyenne, blond. Vous êtes les seuls à l'avoir vraiment vu d'assez près et les seuls à pouvoir l'accuser de tentative d'assassinat.

La tête de Chee lui faisait de plus en plus mal. Il ferma les yeux.

– Si j'étais vous, dit encore Martin, je me méfierais et je serais prudent.

Chee avait déjà eu la même pensée.

CHAPITRE XVI

Martin parti, Chee passa dix minutes au téléphone. Il obtint des informations le numéro privé de Mary Landon, mais personne ne répondit. Il se rappela alors que ce n'était pas un jour férié et il l'appela à son école. Là, on lui répondit que Miss Landon avait pris un jour de congé. Il téléphona alors à son propre bureau, expliqua la situation à l'agente Dodge et lui demanda de tâcher de découvrir où était Mary et de garder si possible un œil sur elle. Le docteur arriva sur ces entrefaites... un type jeune aux cheveux roux et au visage grêlé de taches de rousseur. Il ausculta les côtes de Chee, refit son pansement plus serré, lui recommanda de prendre son mal en patience et le quitta. Survint alors son infirmière qui prit sa température, lui donna deux comprimés, le regarda les prendre, puis dit : « Ce n'est pas un commissariat de police ici, et vous feriez bien de vous reposer. » Elle le quitta à son tour. Chee s'installa confortablement, laissa son regard errer sur le campus de l'université. Il pensait à Mary et à la religion peyotl. Il pensait aussi au coffret de B. J. Vines, empli de souvenirs, aux curieuses coutumes des Blancs, et il finit par s'endormir. Il ne s'éveilla qu'en fin d'après-midi. Les rayons obliques du soleil couchant entraient par la fenêtre et Mary était assise à son chevet.

– 'jour, dit-elle. Comment vous sentez-vous?

– Bien, dit Chee.

Et c'était vrai. Il se sentait bien... et soulagé.

– Ouf! fit la jeune fille. On peut dire que vous m'avez fait peur. Je vous croyais mort. J'ai arrêté un camion et pu appeler un policier d'Etat à la radio. Quand nous sommes revenus, vous étiez toujours là, immobile. Et avec une grimace. Comme mort!

Chee lui raconta ce qu'il avait appris sur le type aux cheveux paille et ajouta :

– Ce qui m'inquiète, c'est qu'il y a de grandes chances pour qu'il juge nécessaire de se débarrasser de nous.

– Vous ne croyez pas qu'il a jugé préférable de s'enfuir? C'est ce que j'aurais fait, à sa place.

– Vous n'êtes pas un tueur professionnel.

– Si c'est une remarque sur ma déplorable façon de tirer, je vous ferai remarquer que c'est vous qui aviez bloqué le cran de mire.

– Soyons sérieux, dit Chee. Cet homme est un tueur.

– Je le sais, dit Mary d'un air grave. Mais que puis-je faire? C'est comme de vouloir se protéger de la foudre. On ne peut pas passer son temps à s'abriter en cas d'orage.

– Non, mais telle que je vous connais, vous ne vous mettez même pas sous un arbre quand il pleut. Pourquoi ne demanderiez-vous pas un congé? Vous vous rendriez auprès de parents à vous et vous ne diriez à personne où vous allez.

– C'est ce que vous allez faire? demanda Mary, l'air sceptique.

– Je le ferais si je le pouvais. Mais j'appartiens à la police et cette affaire me concerne.

– Non, dit Mary, ce n'est pas de votre juridiction. Vous me l'avez dit vous-même. Cela regarde le F.B.I. Ou peut-être le shérif.

– Légalement, oui, reconnut Chee. Mais ma côte fêlée me donne des envies de revanche. De plus je suis un témoin important.

– A ce compte-là, moi aussi, fit Mary.

Ils discutèrent encore un moment; pas très sûrs d'eux, car ils ne savaient pas encore très bien quels étaient leurs véritables rapports.

Pour changer de sujet, Mary se mit à parler du shérif Sena, ce Sena obsédé par la mort tragique qu'avait trouvée son frère sur le chantier du puits de pétrole. Mais la conversation traînait.

– Lorsque je sortirai d'ici, dit Chee, j'irai compulser les collections de vieux journaux pour me renseigner sur l'explosion du puits de pétrole. Je relèverai certains noms et je verrai ce que je peux en tirer.

– Ça, je peux m'en charger, dit Mary. A la bibliothèque de l'université, on garde les collections de journaux sur microfilms. Si je pars tout de suite, ajouta-t-elle en se levant, je pourrai même le faire aujourd'hui.

CHAPITRE XVII

Chee consulta sa montre. Trois heures dix. Réveillé depuis environ un quart d'heure, il restait étendu, immobile, les yeux fermés, dans le vain espoir de se rendormir. Puis il y renonça. Avoir dormi tout l'après-midi lui avait fait perdre la notion du temps. L'infirmière lui avait donné un cachet à dix heures du soir, mais il ne l'avait pas pris. En règle générale, il ne se permettait un somnifère qu'en cas d'extrême nécessité. Il devait son insomnie au fait d'avoir pris des comprimés à l'heure du déjeuner. Il s'assit sur le bord de son lit, glissa ses pieds dans les pantoufles d'hôpital. Il souffrait beaucoup moins de son côté. Seuls certains mouvements réveillaient la douleur, malgré l'épais bandage. A travers le rideau qui maintenant partageait la chambre en deux, lui parvenait la respiration lourde d'un patient encore sous l'effet de l'anesthésie. On l'avait amené sur un chariot roulant vers les minuit... un jeune Chicano qu'il avait fallu recoudre après quelque accident survenu un peu plus tôt dans la soirée. Chee alluma sa lampe de chevet et se mit à lire le journal, mais à travers le rideau il entendit son compagnon de chambre marmonner dans son sommeil. Puis il changea de position, gémit. Chee éteignit la lumière. Ce pauvre diable avait besoin de sommeil et la nuit est faite pour dormir. Mais Chee ne s'était jamais senti plus réveillé. Il enfila sa robe de chambre et, sans faire de bruit, alla voir l'infirmière de nuit. C'était une femme d'une quarantaine d'années, au visage rond et placide couvert de ces milliers de petites rides que le soleil du désert inflige aux gens de race blanche. Elle releva la tête et le regarda à travers ses lunettes bifocales.

– Je peux pas dormir, se lamenta Chee.

– Voyons, dit Bifocale. Vous êtes bien Chee. (Elle prit son dossier, l'ouvrit.) Vous avez pris un comprimé à dix heures, mais je suppose que je peux vous en donner un autre.

– Je les aime pas, dit Chee. Ils me font somnoler.

Bifocale le regarda avec attention, comprit la plaisanterie et se mit à rire.

– En effet, dit-elle. C'est l'ennui, avec ces comprimés.

– Il y a quelque temps l'hôpital a égaré un corps, dit Chee. Celui d'un certain Emerson Charley. Vous en avez entendu parler?

– Pas officiellement, dit Bifocale. Mais j'en ai entendu parler. (Elle rit à nouveau et ajouta :) Ça a fait un beau raffut.

– Mais comment cela a-t-il pu arriver? Que faites-vous des morts?

– D'abord, le médecin de service vient procéder à l'examen et délivre le certificat de décès. Puis on colle à ce mort une fiche d'identification et on le transporte à la morgue, au second étage. Il y reste jusqu'à ce que des parents le réclament par l'intermédiaire d'une entreprise de Pompes funèbres. Par contre, s'il doit y avoir une autopsie, on lui met une autre fiche et on le garde jusqu'à ce que le laboratoire de Morphologie délivre le certificat. Si j'ai bien compris, ce devait être le cas pour celui-là, mais quelqu'un est survenu et l'a enlevé.

– Expliquez-moi comment cela a pu se passer.

– C'est très simple. Il est mort en fin de soirée. On l'a transporté dans la chambre froide. Dans la matinée, le laboratoire de Morphologie l'a réclamé et c'est à cet instant qu'on a découvert que le corps avait disparu. (Bifocale se mit à rire et ajouta :) Tout le monde s'est senti visé et nous faisions tous une drôle de tête.

– Quelqu'un aurait donc dérobé le corps?

– C'est la seule explication possible. Quelqu'un de la famille, sans doute. En général, les Indiens n'aiment pas qu'on se livre à des autopsies sur leurs morts.

– Et quelqu'un pourrait pénétrer dans l'hôpital et en ressortir avec le corps?

– C'est ce qui a dû se passer, dit Bifocale. Et avec ses effets également. (Elle eut un petit rire :) Il y a eu deux confusions pour une. D'abord le corps qui avait disparu, et deux jours plus tard nous nous sommes aperçus que nous avions donné les vêtements d'Emerson Charley à un autre mort. Celui qui l'a emporté n'a pas pris les effets qu'il fallait.

– Mais comment est-ce possible?

– Rien de plus facile. Quand un malade entre à l'hôpital, nous plaçons ses vêtements dans un sac de plastique rouge – un peu comme ceux dont on se sert pour faire des courses – et on l'envoie à la morgue avec le mort. Mais celui qui a emporté le mort n'a pas pris le sac qu'il fallait.

– Cette morgue n'est donc pas fermée à clé?

– En principe, elle devrait l'être, mais quelqu'un l'a sans doute laissée ouverte à la demande d'une entreprise de Pompes funèbres. Ce sont des choses qui arrivent. Quelqu'un de la famille s'est introduit dans l'hôpital, a trouvé la porte de la morgue ouverte et est reparti avec le corps. La morgue se trouve juste à côté de l'entrée de service de la buanderie. Il a donc pu sortir par là et personne ne s'en est aperçu... Quant à vous, vous feriez bien de retourner dans votre lit.

– D'accord, dit Chee. Bonne nuit.

De retour dans sa chambre, Chee bâilla. Il se sentait brusquement fatigué et détendu. Il avait répondu à une question que personne ne s'était posée et qui n'avait en somme pas une grande importance. Mais il sentit que maintenant il allait pouvoir dormir.

CHAPITRE XVIII

Colton Wolf avait laissé sa voiture dans l'obscurité à une cinquantaine de mètres de l'entrée de service de la buanderie. Il appuya sur le loquet de la porte qui y donnait accès. Elle n'était pas verrouillée. Il fit le tour de l'hôpital et examina tous les parkings. Pas la moindre voiture de police. Son plan était simple. Il pénétrerait dans l'hôpital par la grande entrée. Il emprunterait ensuite les escaliers jusqu'au service postopératoire, au cinquième étage, chercherait la chambre 572 et liquiderait le policier indien. Ce qu'il ferait ensuite dépendrait des circonstances... d'éventuelles complications. Colton n'en prévoyait pas. Le policier indien dormirait de ce lourd sommeil que l'hôpital impose à ses pensionnaires. Donc il ne présenterait aucun problème. S'il y avait une infirmière de service, Colton l'éviterait si possible et l'éliminerait si nécessaire. Il redescendrait au rez-de-chaussée, passerait devant la morgue, sortirait par la porte de service de la buanderie et repartirait ni vu ni connu dans une Chevy vieille de deux ans et aussi neutre que possible. Il s'en était emparé dans un de ces parkings de l'aéroport où l'on peut, pour un prix très bas, laisser sa voiture pendant un certain temps. La fiche glissée sur le tableau de bord montrait que la Chevy était déjà garée à cet endroit depuis vingt-quatre heures. Peut-être ne la réclamerait-on pas avant des jours. Mais dans le cas contraire, il avait pris la précaution de s'arrêter dans le parking d'un supermarché et de changer les plaques minéralogiques.

Il faisait froid. Colton avait horreur du froid. Il se sentait désarmé, vulnérable. Comme il traversait le parking à peu près vide à l'entrée de l'hôpital, il leva les yeux vers le ciel où brillaient des milliers d'étoiles inconnues de lui. Au contraire de la chaude et douce obscurité de la Californie de son enfance, la nuit lui était hostile. Il percevait le bruit amorti de ses semelles de crêpe sur l'asphalte et les frottements de son pantalon, jambe contre jambe. Derrière lui un camion remonta Lomas Avenue, mais à part le bruit de ce moteur, la nuit était étrangement silencieuse. Colton serra la crosse de son pistolet dans la poche de sa veste et se sentit rassuré, réconforté. Une arme sûre, à canon long, peu maniable en apparence, mais efficace en réalité. Colton avait fabriqué lui-même ses principaux éléments et l'arme répondait exactement à ce qu'il en attendait. La poignée en noyer, de même que toutes les parties métalliques, était rugueuse de manière à ne conserver aucune empreinte. Le canon pouvait se dévisser à ses deux extrémités. Un demi-tour supprimait le silencieux, un tour et demi détachait le canon du barillet. Seul ce barillet – la trace éloquente qu'y laissait une balle mortelle – pouvait l'incriminer. Quelques minutes après s'en être servi, Colton retirait le barillet qu'il remplaçait par un neuf, preuve qu'il n'avait pas tiré avec le revolver qu'il portait sur lui.

La porte automatique s'ouvrit, puis se referma avec un bruit étouffé. Dans le hall d'entrée, il faisait étouffant. La jeune femme installée au bureau de la réception était plongée dans la lecture d'un quelconque manuel et ne leva même pas la tête à l'entrée de Colton. De quelque couloir qu'il ne voyait pas lui parvint le bruit d'un chariot que l'on poussait. Pour le moment tout allait bien. Colton exécuta son plan. Il passa devant la porte qui ouvrait sur la cage d'escalier et se dirigea vers les ascenseurs. Il entra dans l'un d'eux, appuya sur le bouton du sixième étage. L'ascenseur s'éleva sans bruit ; il était neuf dans cette nouvelle aile de l'hôpital. Colton tira son revolver de sa poche, s'assura qu'il était chargé et que la détente fonctionnait bien. On aurait pu lui objecter que le calibre était trop faible pour tuer un être humain et que l'on se sert généralement du 22 pour chasser le lapin. Mais Colton tenait avant tout à ne pas faire de bruit. Or, muni d'un silencieux, une balle de 22 ne faisait pas plus de bruit qu'un doigt frappant sur un crâne. Une petite balle, oui, mais bien suffisante pour ce que lui demandait Colton. Du temps qu'il vivait à Waco il avait étudié à la bibliothèque de l'Université Baylor-University le crâne et le cerveau. Il savait exactement quelle était l'épaisseur de la partie osseuse du crâne, ce qu'abritait ce crâne et l'endroit exact, à la lisière des cheveux, où une balle bien placée tuait instantanément et inévitablement.

Avant que l'ascenseur s'arrête au sixième étage, Colton remit la main qui serrait le revolver dans la poche de sa veste. La porte s'ouvrit en douceur. Il écouta. Il sortit de l'ascenseur, écouta encore. Rien. Personne sur ce palier. Il se dirigea vers la porte qui donnait sur l'escalier qu'il descendit sans bruit.

Le policier s'appelait Jimmy Chee. D'après les journaux, il avait été blessé d'une balle à la poitrine et avait dû être opéré. La femme qui l'accompagnait était une certaine Mary Landon, institutrice à l'Ecole primaire de Crownpoint. Mais elle pouvait attendre. Elle ne l'avait pas vu d'aussi près que le policier, qui avait eu tout le temps de le dévisager à la vente aux enchères et qui, dans son métier, enregistrait les nouveaux visages. Arrivé au bas des escaliers, Colton récapitula son plan.

La chambre 572 était une chambre à deux lits. A dix-huit heures, lorsque Colton avait téléphoné soi-disant pour prendre des nouvelles de Chee, l'infirmière lui avait dit qu'il n'avait pas de compagnon de chambre. Donc il devait être seul, ce qui simplifierait les choses. D'autre part s'il y avait un second malade, il ne se réveillerait probablement pas. Et s'il s'éveillait son lit serait probablement à l'abri de la balle que Colton tirerait sur l'autre. Tuer le moins possible, s'en tenir au strict minimum, c'était la politique de Colton. Moins il y avait de morts et moins la chasse à l'homme avait d'ampleur.

Colton s'arrêta encore derrière la porte de la cage de l'escalier et tendit l'oreille. Vu les circonstances, un policier ayant été blessé, il n'était pas impossible qu'on ait placé un agent à sa porte. C'est pourquoi d'ailleurs Colton n'avait pas voulu courir le risque d'arriver en ascenseur. Il guigna à travers le panneau vitré. Personne en vue. Il alla silencieusement de la cage d'escalier à la porte du service hospitalier, tendit encore l'oreille. Toujours rien. Jusque-là tout avait marché comme sur des roulettes. Mais maintenant il fallait prendre des risques.

Il poussa la porte battante. Une infirmière venait droit dans sa direction. Une femme de taille moyenne, qui pouvait avoir dans les quarante-cinq ans, aux cheveux noirs sous sa coiffe d'infirmière. Derrière ses lunettes à monture de corne son regard exprimait la surprise.

– Vous désirez? fit-elle.

– Je suis le Dr. Duncan, dit Colton Wolf. Vous avez ici un patient du nom de Jimmy Chee. J'ai l'impression que nous ne lui avons pas ordonné les médicaments qui convenaient.

Il s'exprimait avec assurance et se dirigeait tout en parlant vers le bureau où l'infirmière tenait les registres. S'entretenir avec des infirmières faisait partie de sa routine. Pas d'agent en vue. Mais il pouvait très bien y en avoir un dans la chambre même de Chee.

– Je crois bien qu'on ne lui a ordonné qu'un antibiotique et un analgésique.

– Je préfère m'en assurer moi-même, dit Colton. Il paraît qu'on a placé un agent devant la porte d'un de vos malades. Vous savez pourquoi?

– Je n'ai rien entendu dire de pareil, dit l'infirmière qui, debout devant son bureau, feuilletait rapidement un registre, où étaient reportées les ordonnances. Je suis presque sûre qu'il s'agissait d'Achromycine et d'Empirine N° 3. Qui a suggéré d'en changer?

– Le chirurgien, dit Colton, qui tout en parlant avait sorti le revolver de sa poche et l'avait armé.

Il le leva et le tint à un doigt du bord de la coiffe blanche.

– Ah, j'y suis, fit l'infirmière. Voyons...

Colton appuya sur la détente. Le coup partit et un mince filet de fumée bleue s'éleva. La tête de l'infirmière alla donner sur le plat du bureau. Colton la retint de sa main gauche pour s'assurer qu'elle ne glisserait pas de sa chaise. Puis il lui tâta le dessous de l'oreille. Le pouls qui battait encore faiblement s'espaça puis s'arrêta. Si quelqu'un survenait, il penserait que l'infirmière s'était endormie sur ses registres. Il lui fallait maintenant trouver la chambre 572, en finir avec le policier et disparaître.

CHAPITRE XIX

Jim Chee était allé à la salle de bains boire un verre d'eau avant de se recoucher, puis du seuil de la porte de sa chambre il avait vu l'infirmière se lever de son bureau et se diriger vers les portes battantes. Il les avait vues s'ouvrir et un homme entrer. Cet homme portait la blouse de percale bleu clair, uniforme des médecins de cet hôpital. Il était blond, il avait le teint blafard et des yeux d'un bleu délavé. Chee le reconnut instantanément. Mais il le reconnut en deux temps. Il pensa d'abord qu'il avait vu ce médecin blond qui venait dans sa direction à la vente aux enchères des tapis tissés à la main, à Crownpoint; puis un millième de seconde plus tard il comprit, et une peur atroce le prit au ventre; ce docteur aux cheveux paille était l'homme qui avait tué Thomas Charley, il n'avait rien d'un médecin, et il s'était introduit dans l'hôpital dans l'intention bien arrêtée de le descendre. Chee rentra dans la chambre, pris d'une terrible panique. La fenêtre! Elle ne s'ouvrait pas de l'intérieur et ne donnait, d'ailleurs, que sur un abîme sans fond. L'homme était maintenant entre lui et les portes battantes, unique issue de cette aile de l'hôpital. Chee se ressaisit, se força à réfléchir. Une arme? Que pouvait-il faire contre le revolver de ce tireur de première force? Se cacher?...

Il sauta vivement sur le lit et poussa des deux mains la plaque destinée à atténuer les sons. Tout comme au second étage, l'espace aménagé entre le faux plafond et l'étage supérieur était sillonné de fils électriques, de tuyaux et de conduits métalliques de forme rectangulaire où passaient l'eau chaude et l'air froid. Chee ne prit pas le temps de se demander si le faux plafond supporterait son poids. Il poussa la plaque de côté, s'agrippa à l'armature qui soutenait le conduit d'aération et se hissa péniblement dans l'espace ainsi aménagé.

Le conduit, qui pouvait avoir soixante-dix centimètres de large, était emmailloté d'un matériau blanc isolant. Chee parvint à s'y étendre de tout son long, remit non sans peine la plaque en place. Il haletait, en raison de l'immense effort qu'il venait de fournir, et aussi, il dut se l'avouer, de peur. Il se força à respirer calmement. Même une fois la plaque remise en place, l'obscurité n'était pas complète. Chee, le visage pressé contre le conduit d'aération, sentait la poussière lui monter aux narines. Il percevait la vague rumeur de la vie nocturne d'un vaste immeuble. Un sourd battement quelque part sur sa gauche; le ronronnement du moteur de l'ascenseur; le léger sifflement dû sans doute à l'air qui passait dans le conduit métallique tout contre son oreille. L'échange de propos entre l'homme blond et l'infirmière avait cessé. Chee releva la tête et suivit des yeux, dans l'obscurité, le conduit. En y rampant, il arriverait sans doute au-dessus de la cage de l'ascenseur, mais pourrait-il le faire sans bruit? Le conduit courait à environ quinze centimètres au-dessus du faux plafond, ce qui laissait à Chee un espace d'environ soixante centimètres de haut, suffisant pour y ramper, mais non pour y avancer rapidement. Chee agrippa étroitement le conduit d'aération et se propulsa lentement en avant. Il ne faisait pour ainsi dire pas de bruit, mais la douleur sourde de ses côtes se transforma en une série de coups de poignard qui le déchirèrent. Retenant sa respiration, il parvint à ne pas gémir. Comme il exhalait longuement son souffle, il perçut, juste au-dessous de lui, un bruit métallique.

Chee reconnut ce bruit. Celui que faisait le rideau qui entourait un lit de malade lorsqu'on le faisait glisser sur la tringle métallique. L'homme qui était venu pour le tuer était juste au-dessous de lui. Seuls quelques centimètres d'un matériau isolant et une couche d'air le séparaient du type blond au revolver. Qu'allait faire ce quasi-albinos? Allait-il penser que le faux plafond offrait une cachette? Et que faisait-il maintenant? Chee l'imagina, le revolver à la main, regardant d'un œil vide et absent le lit également vide de

Chee. Sans doute inspecterait-il la salle de bains et soulevait-il le rideau qui entourait le lit du compagnon de chambre de Chee, qui sentit soudain son sang se glacer. Se pourrait-il que le type blond prenne un Mexicain pour un Navajo? Ce n'était pas impossible. Cette pensée éveilla en Chee deux émotions contradictoires. De la pitié pour le garçon qui dormait là d'un sommeil lourd et drogué et un terrible désir de vivre.

Il y eut un choc contre du métal. Un silence suivit. Puis un craquement. Et de nouveau le silence. Les côtes de Chee le crucifiaient et ses poumons réclamaient de l'air. Le rideau glissa sur sa tringle. Que devait faire Chee? Que pouvait-il faire?

Il y eut un autre son. Un heurt. Comme un poing frappant contre du bois. Puis un soupir et le bruit de quelqu'un qui retient son souffle. A nouveau le silence, suivi de l'effleurement de semelles de crêpe sur un parquet ciré. Enfin la porte se referma avec un déclic.

Chee respira aussi calmement qu'il le pouvait. Envahi par un immense soulagement, il n'en tremblait pas moins de la tête aux pieds. L'homme était parti. Mais peut-être n'était-il pas allé loin? Peut-être inspectait-il d'autres chambres. Peut-être reviendrait-il? Mais peut-être aussi Chee survivrait-il? Et cette idée l'emplit d'une joie immense. Il lui fallait attendre. Il lui fallait rester là, immobile, jusqu'à ce que le jour se lève, jusqu'à ce qu'il entende la voix de son infirmière qui lui apportait ses premiers cachets. Jusque-là, il ne bougerait pas, car peut-être le type blond attendait-il qu'il se manifeste.

Chee attendit, l'oreille tendue. Pas le moindre bruit en dehors des rumeurs de la nuit. Le temps s'écoulait. Trois minutes peut-être. Puis soudain Chee discerna une odeur. Une odeur âcre qu'on ne pouvait confondre avec nulle autre. L'odeur que laisse la fumée d'un coup de revolver. Que signifiait-elle? A peine s'était-il posé la question qu'il connut la réponse. Le bruit qu'il avait entendu était celui d'un coup de feu.

Chee recula avec prudence le long du conduit, écarta la plaque et plongea son regard dans la chambre qui, pour son œil habitué à l'obscurité, lui parut presque claire. Il ne discernait que le lit et un peu du parquet. Il se cramponna à l'armature du conduit d'aération et se laissa tomber sur son propre lit. Le type blond était parti. Chee écarta les rideaux qui entouraient le lit de son compagnon de chambre. La tête brune creusait l'oreiller, les yeux clos dans ce sommeil profond qui suit une anesthésie. Mais à l'intérieur du rideau l'odeur de fumée se faisait plus forte. Chee tendit la main. Il palpa du bout des doigts ce visage endormi, s'attarda sous le nez. La peau était encore tiède et souple, mais l'homme ne respirait plus. Chee appuya la paume de sa main sur la poitrine que ne soulevait plus aucun souffle. Le visage du pauvre diable, faiblement éclairé par les lumières de la ville qui filtraient à travers la fenêtre, était celui d'un homme jeune et soigneusement rasé dont la longue face avait une expression vaguement sarcastique. Chee avait appris à ne pas trouver semblables tous ceux qui n'étaient pas des Navajos. Celui qui gisait là devait être en grande partie espagnol, avec une goutte de sang indien, sans doute pueblo. Chee détourna les yeux et regarda par la fenêtre. Le jour n'était pas encore levé. Il se dirigea vivement vers la porte et l'ouvrit. Il n'avait plus peur. Il courut vers le bureau de l'infirmière, forma le numéro de Service de police d'Albuquerque. Tandis qu'il faisait un rapide récit de ce qui venait de se passer et ajoutait que le tueur devait être en ce moment à bord d'une Plymouth verte et blanche, sa main libre effleura les cheveux de l'infirmière, sa coiffe blanche, et trouva le petit trou rond.

– Il n'y a pas une victime, mais deux, dit-il. Le tueur a également abattu l'infirmière de service au cinquième étage.

CHAPITRE XX

Tandis qu'il dégringolait les escaliers en direction de la buanderie, Colton Wolf éprouva une sorte de malaise. Pourquoi des draps du lit inoccupé étaient-ils ainsi froissés? Un visiteur s'y serait-il étendu? Cela semblait peu probable. Mais il y avait autre chose. Il sortait de la porte de service de la buanderie lorsqu'il comprit ce qui l'inquiétait. L'odeur que dégageait le visage de l'homme qu'il venait d'abattre était celle d'un anesthésié. C'était normal, mais trop fort. Chee avait été opéré depuis trop longtemps pour exhaler cette odeur-là.

– Fils de pute! s'exclama Colton.

Revenu sur ses pas, il s'apprêtait à rentrer dans l'hôpital par la porte de service de la buanderie lorsque sa prudence naturelle le retint. Comment Chee lui avait-il échappé? Où était-il maintenant? Il avait certainement appelé à l'aide et alerté les services de police. Chee était un policier fort capable... cela ne faisait aucun doute. Essayer de l'abattre, ce serait trop risqué. Ce n'était pas le moment.

Il avait quitté le parking et roulait sur Lomas Avenue lorsqu'il entendit la première sirène. Mais il ne s'en soucia pas outre mesure. Personne n'avait vu la voiture qu'il conduisait. Il la laissa à environ trois pâtés de maisons de l'endroit où il l'avait volée, remonta dans son camion et roula lentement jusqu'à sa remorque. Le temps qu'il l'atteigne et déjà un nouveau plan prenait forme dans son esprit. Un plan excellent, et cette fois Chee ne lui échapperait pas.

CHAPITRE XXI

Chee appuyait sur le levier de contrôle et le microfilm se déroulait en ronronnant. Les pages du *Grants Daly Beacon* défilaient sous ses yeux comme les wagons d'un train de marchandises. Elles passaient trop vite pour qu'il pût les lire, mais assez lentement pour qu'il pût distinguer, à la première page, la publicité d'un grand magasin, ou le gros titre qui lui annoncerait la catastrophe qu'il recherchait. L'attention de Chee était à moitié concentrée sur les images qui se déroulaient sous ses yeux, mais il n'en était pas moins conscient du silence qui régnait dans l'immense sous-sol de la Bibliothèque Zimmerman, du calibre 38 qui alourdissait la poche de sa veste, de la présence de Hunt au panneau vitré de la porte qui s'ouvrait derrière lui, et conscient également de la présence toute proche de Mary Landon.

Assise à côté de lui, un peu en retrait, elle ne parlait guère mais son frais parfum de linge séché au soleil et de bon savon l'enchantait.

Chee immobilisa le levier de contrôle et leva les yeux. Un bibliothécaire passa, poussant devant lui un chariot où s'entassaient des périodiques reliés. Une jeune Blanche au corps élancé, vêtue d'un manteau à col de fourrure, cherchait un quelconque renseignement parmi des collections de microfilms. Derrière elle quelque chose attira le regard de Chee. Un coude vêtu de nylon bleu apparut derrière un des piliers. Il disparut, reparut. Quelqu'un qui le guettait? Ou qui se grattait?

Chee eut brusquement envie de se retourner, de s'assurer que Hunt était toujours à son poste, vif et alerte. Mais il résista à cette envie. En principe le rôle de Hunt était de veiller sur lui, mais en réalité, bien que ça n'ait pas été dit, le but véritable était de s'emparer du type blond. Ça paraissait cynique, mais ça se comprenait. D'ailleurs l'arrêter, n'était-ce pas la meilleure manière de protéger Chee et Mary Landon? Même s'ils servaient d'appât. La police tenait énormément à s'emparer de l'albinos.

Sous les yeux de Chee, les microfilms de juin défilèrent, puis vint juillet. L'appareil ronronnait, s'arrêtait, repartait. Puis soudain apparut en gros titre :

L'EXPLOSION D'UN PUITS DE PÉTROLE
TUE UNE ÉQUIPE D'OUVRIERS

– Ça y est, dit Chee.

L'accident aurait fait
douze victimes

– Revenez en arrière, dit Mary, et elle se pencha, se pressant sans y prendre garde contre Chee qui perçut encore sa saine odeur de savon et de linge séché au soleil.

Tous les membres de l'équipe de forage d'un puits de pétrole auraient été tués sur le coup, il y a quelques jours, sur un chantier situé au nord-ouest de Grants. On pense que l'accident est dû à l'explosion prématurée d'une charge de nytroglycérine.

Gilberto Garcia, shérif du canton de Valencia, estime que les pertes pourraient s'élever à douze hommes, c'est-à-dire les dix manœuvres qui travaillaient au forage sur le versant est du Mont Taylor et les deux membres de la Compagnie pétrolière qui avaient apporté la charge de nytroglycérine.

D'après Garcia, on ne peut pas évaluer les pertes de façon certaine, car l'explosion, d'une force peu commune, a déchiqueté les corps des victimes et en a projeté les débris dans un rayon de quelque sept cents mètres.

Il semblerait, dit encore Garcia, que la charge ait explosé quand on l'a descendue au fond du puits, causant de terribles dégâts. L'explosion a sans doute eu lieu le vendredi, jour où les employés de la Petrolab ont apporté l'explosif sur le chantier. Mais l'accident n'a été découvert que le lundi, quand l'assistant du shérif s'est rendu sur le chan-

tier pour rechercher les hommes qui y travaillaient et dont on n'avait plus entendu parler.

Selon Garcia, ce puits se trouve à environ dix kilomètres de Grants, à la frontière de la Réserve navajo. Personne n'a entendu l'explosion, a-t-il souligné, car la région est déserte à des milles à la ronde.

Le shérif a dit encore que les coyotes, rapaces et autres nécrophages rendent plus difficile encore l'identification des victimes. Nous pensons avoir reconnu jusqu'ici un seul corps et nous espérons disposer d'assez d'éléments pour en identifier deux autres, mais nous ne pouvons guère espérer faire davantage.

D'après le registre des feuilles de paye l'équipe de forage comprenait Nelson Kirby, âgé d'environ quarante ans; Sherman, le chef de l'équipe; Albert Novitski, âge et adresse inconnus; Carl Lebeck, âge inconnu, géologue qui présidait aux travaux du puits; Robert Sena, vingt-quatre ans, et enfin six Navajos travaillant au forage du puits en qualité de manœuvres.

On craint d'avoir également à déplorer la mort de R. J. Mackensen, soixante ans environ, et de Theo Roff, une vingtaine d'années, tous deux employés à la Petrolab, une société de Farmington qui a fourni l'explosif.

Chee laissa passer les paragraphes suivants.

– C'est à peu près ce que vous a raconté Sena, fit observer Mary. Est-ce que ces noms vous disent quelque chose?

– Uniquement celui de Robert Sena, dit Chee. C'était le frère aîné de Gordo.

– Carl Lebeck, dit Mary qui lisait par-dessus son épaule. Ma cousine sortait avec un garçon qui s'appelait Carl Lebeck. Ou Le Bow. Quelque chose comme ça.

– Voyons ce qu'ils ont dit quand ils ont découvert que les Navajos étaient toujours en vie.

A la première page de l'édition du mercredi un bref paragraphe déclarait que l'équipe des six manœuvres navajos qu'on croyait avoir été tués dans l'explosion ne se seraient pas rendus à leur travail ce jour-là. On citait leurs noms que Chee recopia sur son bloc-notes. On ne disait pas pourquoi ils n'étaient pas allés travailler. Chee en trouva l'explication dans le journal du lendemain. A nouveau un gros titre apparaissait en première page.

UNE ARRESTATION OPÉRÉE DANS
L'AFFAIRE DU PUITS DE PÉTROLE
Le shérif annonce que les Navajos
avaient reçu un avertissement

Un des ouvriers navajos qui a échappé à la terrible explosion du puits de pétrole du canton de Valencia, questionné aujourd'hui, a raconté avoir su que l'explosion allait se produire.

Le shérif Gilberto Garcia a identifié l'homme ; il se nomme Dillon Charley. D'après lui, Charley aurait reconnu avoir recommandé à cinq de ses compagnons de travail de ne pas se rendre au chantier le vendredi « parce qu'un malheur allait arriver ».

Il dit avoir reçu cet avertissement de Dieu dans une vision qu'il aurait eue au cours d'une cérémonie religieuse. Le shérif a dit encore que Charley était le « chef peyotl » de l'Eglise américaine indigène et que cinq des autres Navajos qui travaillaient sur ce chantier appartenaient à cette même église.

Les membres de cette secte mâchent les bourgeons du cactus peyotl, ce qui fait partie de leur rite. Or le peyotl, qui agit sur le système nerveux, provoque des hallucinations chez ceux qui en usent. Etre en possession de cette substance est considéré comme illégal et le Conseil Tribal Navajo en interdit l'usage sur la Réserve.

Le shérif a ajouté que Charley avait été blessé dans ce qu'il a appelé « une tentative de résistance lors de son arrestation ». Le shérif adjoint Lawrence Sena aurait même été suspendu « jusqu'à ce qu'on puisse prouver s'il s'est livré à des voies de fait ». Le frère du shérif adjoint, Robert Sena, est une des victimes dont le corps a été déchiqueté par la charge de nytroglycérine qui a explosé prématurément vendredi passé.

– Vous avez remarqué? demanda Chee en soulignant le paragraphe en question. Gordo aurait infligé de mauvais traitements à Dillon Charley. Il doit s'être livré à des voies de fait pour avoir été suspendu. Passer un Navajo à tabac n'était pas considéré comme bien grave à cette époque.

Chee se renversa en arrière et considéra Mary dont l'expression était indéchiffrable.

– Qu'en pensez-vous? demanda-t-il.

– Je pense que vous êtes bien étrange. Et même mystérieux. Vous avez à vos trousses un dangereux tueur qui ne pense qu'à vous abattre et vous vous passionnez pour une affaire qui s'est passée il y a bien trente ans.

– Et vous alors?

– Cette affaire m'intéresse, mais elle ne me passionne pas.

– Non, je veux dire que vous aussi vous êtes visée par le tueur.

– Je n'en crois rien, dit Mary. Vous êtes le seul à l'avoir vraiment vu de près. Le seul qu'il ait poursuivi.

Elle se détourna de lui, se pencha sur le microfilm. Un joli profil, se dit Chee. Oui, vraiment joli. Ses yeux étaient d'un bleu intense et ses longs cils se recourbaient avec grâce. Ses cheveux blonds retombaient sur sa joue. Des cheveux très doux. Une joue très douce.

– Une chose encore, dit Mary. Pourquoi toute cette histoire au sujet d'un policier qui aurait battu un Navajo? J'ai entendu dire à Laguna que les flics connus pour passer des Navajos à tabac sont les Navajos eux-mêmes.

– Nous préférerions de beaucoup tabasser des Anglos, dit Chee, mais nous n'avons aucun pouvoir sur vous autres.

En disant cela, il observait la jeune fille, guettant sa réaction. Sa pique au sujet des policiers navajos était en partie sérieuse... vraiment sérieuse, probablement. La police navajo, comme toutes les polices, d'ailleurs, a la réputation de se montrer particulièrement dure envers les siens. Les yeux toujours fixés sur l'écran, Mary reprit :

– Vous ne m'avez toujours pas raconté ce qui s'est passé à l'hôpital. Ni comment vous vous en êtes sorti. Et vous ne m'avez toujours pas révélé votre nom de guerre.

Le coude à la manche bleue reparut derrière le pilier. Immobile maintenant. Son propriétaire était peut-être en train de lire.

– Je me suis caché, dit Chee. Comme un lièvre.

– Pourquoi, comme un lièvre? fit-elle en lui prenant le poignet. Moi puissant Peau-Rouge! Moi prendre revolver avec mains nues! Moi grand héros! Moi mort, mais héros! (Et laissant retomber sa main :) Du moment que vous n'aviez pas le temps d'exécuter une petite danse appropriée pour rendre votre chemise d'hôpital à l'épreuve des balles, le mieux était encore de vous cacher sous votre lit.

– A la façon dont ça a tourné, c'est derrière un autre que je me suis caché. Mon compagnon de chambre.

Il fit à la jeune fille un bref récit de ce qui s'était passé, en partant du moment où il s'était rendu furtivement au rez-de-chaussée pour découvrir comment le corps avait pu disparaître de la morgue. Il ne dit que les faits, sans interprétation et sans spéculations. Et ce faisant, il l'observait.

– A votre place, je serais morte de peur, dit Mary en frissonnant rétrospectivement. (Elle le regarda un moment, en mordant sa lèvre inférieure, puis ajouta :) Comment l'idée vous est-elle venue de vous réfugier sous le faux plafond?

– La question n'est pas là, dit Chee. Le fait est que j'ai laissé cette espèce d'albinos tuer un autre homme à ma place. Il s'est introduit dans la chambre pour abattre un Indien. Mais il n'y avait qu'un Mexicain. Alors il a abattu le Mexicain à ma place.

– Et alors? dit Mary.

– Comment et alors?

– Vous vous faites des reproches? Vous pensez que vous auriez dû rester et l'affronter. Lui offrir votre poitrine nue et lui dire : Me voilà. Ne tuez pas ce pauvre type. Il ne vous a rien fait. Voyons! (Et d'un ton dédaigneux :) Il a abattu l'infirmière, non? Alors la seule différence, c'est qu'il vous aurait tués tous les deux.

– C'est pas impossible, reconnut Chee.

– Vous êtes cinglé, dit encore Mary Landon. Ou alors vous voulez me donner l'impression que vous l'êtes.

– Bon, dit Chee. Ne parlons plus de tout ça. Voyons si nous pouvons encore trouver autre chose.

Ils trouvèrent peu de chose, en réalité. Il y avait toute une histoire sur l'Eglise indigène américaine, ses cérémonies et sur ce que ses membres pensaient de la « vision » de Dillon Charley. Le shérif racontait également qu'une des victimes avait pu être identifiée grâce à une prothèse dentaire et on sentait que l'affaire en resterait là faute d'informations.

Si Sena, ou n'importe laquelle des autres victimes, fut identifiée, le *Beacon* n'en fit pas mention. Il n'y eut pas de suite non plus à l'arrestation de Dillon Charley. Et le journal ne dit pas à quel moment il avait été relâché.

Ils continuèrent à dérouler le microfilm, page par page, cherchant une suite à l'affaire qui ne faisait plus les gros titres de la une. Comme ils en étaient à septembre et n'avaient, au bout d'une heure, rien trouvé, Mary eut une idée.

– Il arrive aux journaux de rappeler certains événements qui ont eu en leur temps une certaine importance. Dans le genre : « Il y a un an... » et là-dessus ils évoquent ce qui s'est passé. Si nous cherchions à l'année suivante?

Chee lui obéit. Il poussa le levier sur la gauche et le film s'enroula une nouvelle fois. La jeune femme qui compulsait des dossiers avait disparu. Le coude vêtu de bleu n'apparaissait plus derrière le pilier. Mais brusquement dans le champ de vision de Chee, apparurent un profil et une mèche de cheveux blonds. De cheveux très blonds. Chee sentit son estomac se contracter. Il lâcha le levier et fourra sa main droite dans la poche de sa veste. Sa main trouva la poignée de son revolver et son pouce, la détente.

– Qu'est-ce qui vous prend? fit Mary qui le regardait.

Le type surgit de derrière le pilier et regarda Mary. Il était blond, très blond, même, mais ce n'était pas le tueur blond. Il était beaucoup trop jeune et ne lui ressemblait en rien. Il se dirigea vers les collections de microfilms et se mit à y fouiller.

– Ce n'est rien, dit Chee. Je suis un peu nerveux.

Ils trouvèrent le rappel qu'ils cherchaient, un an plus tard. Mais il ne leur apprit rien de nouveau.

Le temps qu'on exécute pour eux une photocopie des microfilms et il était cinq heures.

– Et après? dit Mary. J'ai l'impression que le sergent Chee et une institutrice de Crownpoint ont perdu un après-midi et qu'ils n'ont pas la moindre idée de ce qu'ils pourraient faire d'autre. En somme, nous arrivons à une impasse, non?

– Non, dit Chee.

Ils gravirent les escaliers, arrivèrent au rez-de-chaussée. A travers la paroi de verre de la bibliothèque, le bâtiment des Belles-Lettres se détachait sur le ciel d'un bleu intense, parmi les sycomores. En général Chee aimait ce bâtiment, mais ce jour-là, il n'aurait su dire pourquoi, il le fit penser à une pierre tombale.

– Pourquoi? demanda Mary. Que peuvent vous apprendre ces gens qui ait un quelconque rapport avec l'affaire qui nous intéresse?

– Peut-être rien, reconnut Chee. Mais il y a

sans aucun doute un rapport direct entre le coffret aux souvenirs et les meurtres; le vol de ce coffret nous mène à Dillon Charley et au culte peyotl; et enfin tout semble nous ramener à l'explosion du puits de pétrole.

– C'est peut-être simple curiosité de votre part, fit observer Mary, et de toute façon vous ne retrouverez pas les témoins de ce terrible accident qui a eu lieu il y a trente ans.

– Ce ne sera sans doute pas aussi difficile que vous le pensez, riposta Chee. Ce sont probablement des parents de Dillon Charley. Il les a engagés parce qu'ils étaient de sa famille. Des cousins, des oncles, ou tout au moins des parents par alliance. Les Navajos n'ont pas seulement inventé le népotisme, ils l'ont perfectionné.

– Mais trente ans! lui rappela Mary. Ils doivent être tous morts. Ou du moins la moitié d'entre eux.

– Un ou deux, probablement, fit Chee. Nous savons que Dillon Charley n'est plus de ce monde. Mais il doit bien y en avoir quatre qui sont bien vivants.

Ils étaient dehors maintenant et suivaient une allée dallée, foulant les feuilles bruissantes des sycomores. La froide lumière du soleil couchant projetait leur ombre devant eux et teignait d'un rouge de sang dilué dans l'eau le versant est du Mont Sandia. Frappé par cette image, Chee se dit que Hunt les suivait peut-être à cent mètres et qu'ils constituaient une cible toute trouvée pour quiconque les guetterait d'une contre-allée ou d'un des balcons qui donnaient sur le mail.

– Mais de quoi peuvent-ils se souvenir après trente ans? fit Mary qui s'obstinait. Pas de grand-chose, probablement.

– Qui sait? fit Chee.

Sans doute de rien de très précis, s'avoua-t-il, mais de toute façon il n'avait pas d'autre piste à suivre. De plus la recherche des survivants du Peuple de l'Ombre l'obligerait à s'enfoncer dans la Réserve. Il emmènerait Mary avec lui. Car en pleine Réserve, l'homme blond serait bien incapable de les retrouver.

CHAPITRE XXII

Le jour suivant, Chee avait fait une vaine démarche, mais ajouté quelques détails à la liste de noms du Peuple de l'Ombre de Dillon Charley.

La vaine démarche fut celle qui le conduisit à la Section de Géologie de la bibliothèque de l'Université. Grâce à l'aide d'un étudiant de dernière année, il put compulser la photocopie de l'étude qu'avait faite un géologue sur l'emplacement du puits de pétrole.

– Une étude typique de la région, lui expliqua l'étudiant. La couche dite de Galisteo est parfois pétrolifère. (Il tourna plusieurs feuillets et ajouta :) On a trouvé la couche, mais pas le pétrole.

– Cela vous étonne? demanda Chee pour qui l'étude du géologue était lettre morte, avec ses chiffres et ses graphiques.

– Je ne fais pas autorité en ce qui concerne la pétrochimie du canton de Valencia, avoua l'étudiant. Mais c'est en somme à quoi je m'attendais. En fait, que cherchez-vous?

– C'est bien là le diable, dit Chee. Je n'en sais rien.

Il n'eut pas beaucoup plus de chance dans sa recherche de l'équipe de manœuvres de Charley. Mary et lui s'étaient rendus à la Réserve et avaient passé le temps dont ils disposaient avant la nuit à explorer les chemins de terre et les pistes de camions de la région frontière et à découvrir quelques renseignements sur les hommes dont ils avaient relevé les noms dans le *Grants Beacon*. La nuit venue, voici ce que donna la liste.

Roscoe Sam, Ojo Encino ou Standing Rock. Du clan de Limon. Mort confirmée.

Joseph Sam. Ojo Encino ou peut-être Pueblo Pintado. Clan du Limon. A épousé une femme du clan du Sel. Les uns disent qu'il serait mort en 1950. D'autres le prétendent toujours vivant.

Windy Tsossie. Du clan du Limon. Marié à une femme du clan de Standing Rock. Habitait du côté de Heart Butt. Passerait pour mort.

Rudolph Becenti. Du clan du Limon. Coyote Canyon. Marié?

Woody Begay. Du clan du Limon. Sa sœur vivrait à Borrego Pass.

Leurs recherches s'étaient montrées bien décevantes, sauf en ce qui concernait Roscoe Sam qui, tombé malade à Tuba City, était mort dans un hôpital de cette ville où sa mort avait été confirmée. Pour Joseph, c'était une autre histoire. Un de ses cousins éloignés, de la branche paternelle, le supposait mort. Un autre cousin, plus éloigné encore, et également de la branche paternelle, pensait qu'il était parti avec sa femme, les moutons de celle-ci et ses propres biens dans la Réserve de Cononcito, où il vivait probablement encore. Cependant, mort ou vif, personne n'avait revu Joseph Sam depuis des années. Il en était de même des autres manœuvres. Un parent par alliance de Rudolph Becenti se souvenait qu'il était parti un jour pour Los Angeles, mais avait entendu dire qu'il en était revenu. Quant à Windy Tsossie, quelques-uns de ses contemporains de la région d'Ambrosia Lakes voyaient en lui un des membres de la tribu des Tsossies qui avait vécu à Coyote Canyon, mais en était parti depuis longtemps. En somme, à l'exception de Roscoe Sam, bel et bien mort et enterré, cette journée ne leur avait rien apporté de très concret. Pour Woody Begay, seule une très vieille femme se rappelait que sa sœur vivait au nord de Borrego Pass et qu'elle s'appelait Fannie Kinlicheenie.

L'imprécision de ces renseignements surprit Chee. On aurait dit que le Peuple de l'Ombre n'existait que par de vagues rumeurs, et non en chair et en os. Le lieu même où avait explosé le puits de pétrole devenait mythique. En allant à la recherche de Roscoe Sam, Chee s'était approché de l'endroit où avait eu lieu l'explosion. Mary et lui n'avaient trouvé qu'une immense excavation. La Red Deuce, grâce à une douzaine d'énormes dragues, puisait la terre à l'intérieur d'un puits qui avait déjà deux cents mètres de profondeur et sept mètres de largeur. Oui, l'emplacement du puits de pétrole semblait n'être plus que le souvenir d'une chose qui n'avait jamais existé.

Mais Fannie Kinlicheenie existait, elle, en chair et en os. Elle les regarda arriver du seuil de sa porte. Chee gara sa voiture de patrouille à une trentaine de mètres de la maison, signe de politesse qui respectait le sens très fort du chez-soi inné chez ce peuple modeste, mais fier. Si Fannie Kinlicheenie était disposée à recevoir des hôtes elle le leur ferait comprendre. En attendant, ils fumeraient une cigarette.

– Je ne devrais pas fumer ces cochonneries, dit Mary comme il l'allumait pour elle.

– Ni moi non plus, reconnut Chee.

– Je suppose que ce type est mort, lui aussi, dit Mary. Ou bien il est parti vivre ailleurs.

Chee sentit qu'elle voyait juste, sinon quelqu'un se serait souvenu de lui. Mais il n'en dit pas moins :

– Vous êtes trop pessimiste.

– Non, je suis réaliste. Il en reste quatre. Après trente ans, le taux de mortalité est d'environ vingt-cinq pour cent. Donc Woody Begay doit en faire partie.

Chee réfléchit à ce raisonnement, puis exhala une bouffée de fumée.

– Nous avons commencé avec six, lui rappela-t-il. Dillon Charley et Roscoe Sam sont morts tous les deux. Cela fait déjà un taux de mortalité de trente-trois pour cent.

Mary réfléchit un moment, puis dit enfin :

– Si vous raisonnez ainsi, vous ne devriez jamais jouer au poker. Le passé n'agit ni sur les mathématiques, ni sur les probabilités. Oubliez les deux premiers morts. Nous sommes en possession des noms de quatre hommes qui étaient en vie il y a trente ans. Il y a de fortes chances pour que trois d'entre eux soient encore vivants et que le quatrième soit mort.

– Moi, je veux bien, dit Chee. Mais comment pouvez-vous savoir que le mort est justement Woody Begay?

– L'intuition, riposta Mary. L'intuition féminine.

– Vous pensez peut-être qu'il est inutile de poireauter ici plus longtemps, fit Chee en tendant la main vers la clé de contact. Nous faisons perdre son temps à la pauvre Fannie.

– Puisque nous sommes venus jusqu'ici, fit Mary en riant, autant attendre encore un peu pour voir mon intuition confirmée.

– Volontiers, fit Chee, mais vous êtes sûre que vous ne serez pas vexée?

– Non. Je me suis déjà trompée une fois.

– Pas récemment.

– En réalité, je crois bien que je me suis gourée quatre fois. Non, disons plutôt deux. La seconde a été ma stupidité à accompagner le Grand Jimmy Chee dans sa chasse à l'homme. Dieu, que je suis fatiguée! Combien de kilomètres avons-nous faits aujourd'hui?

– Je ne sais trop. Dans les trois cents, je

suppose. Cela vous a paru long parce que nous avons surtout emprunté des chemins de terre.

– J'en ai un millier dans les reins. Votre voiture de patrouille n'est pas plus confortable qu'un camion. Je pense que vos pneus sont trop gonflés.

– J'y mets exactement la quantité d'air indiquée. Je suppose que le but est de nous empêcher de nous endormir au volant.

– Mais j'y pense, fit Mary. J'ai commis une autre erreur. (Elle lui lança un regard qu'elle détourna aussitôt.) A la vente aux enchères j'avais eu l'impression que vous vous intéressiez à moi.

– Mais c'est la vérité, fit Chee.

– Non, j'entendais sur le plan sentiments. Or vous vous intéressez à moi parce que je suis une Anglo. Vous ne cessez de me poser des questions. J'ai l'impression d'être interrogée par un sociologue.

– Par un anthropologue, riposta Chee. Et c'est cette raison qui vous pousse à m'accompagner. Vous avez envie de savoir à quoi ressemble un Indien navajo. Seulement vous vous refusez à l'admettre.

– Détrompez-vous, je l'admets, dit Mary en riant. Et je sais maintenant à quoi vous ressemblez. Vous êtes un homme étrange et mystérieux...

La maison de Kinlicheenie était faite de planches renforcées de carton goudronné. Construite sur une petite éminence rocheuse, elle dominait une vaste étendue laminée, érodée, où fleurissaient par endroits la sauge gris-argent et l'immortelle jaune, cette fleur du désert.

Le Mont Taylor la dominait à l'horizon comme il dominait toute la région frontalière. Son sommet était blanc de neige, mais ses flancs d'un bleu céleste. Derrière la maison s'élevait un hogan de pierre de forme circulaire, sa porte tournée vers l'est comme le veut la tradition. Au-delà de ce hogan on apercevait un de ces hangars métalliques préfabriqués où l'on conserve les provisions et le toit arrondi de la hutte où la famille prenait ses bains de vapeur.

– Avez-vous déjà remarqué que les Navajos construisent toujours leurs maisons sur une hauteur pour jouir de la vue? demanda Chee.

– J'ai surtout remarqué que les Navajos construisent leurs maisons aussi loin que possible de celles d'autres Navajos. Faut-il chercher là une signification spéciale?

– Nous n'aimons pas les Indiens, déclara froidement Chee.

Mme Kinlicheenie parut sur le seuil de la porte. Les cheveux nettement relevés en chignon, elle portait un lourd collier d'argent ciselé à motif floral et un large bracelet de turquoises montées sur argent. Mme Kinlicheenie était prête à recevoir ses hôtes.

CHAPITRE XXIII

– Mon frère? répéta Fannie Kinlicheenie, visiblement surprise. Vous voudriez le voir?

Ils se trouvaient dans la pièce principale. Le siège où avait pris place Jim Chee était couvert d'un épais plastique vert dont il percevait le contact glacial à travers sa chemise d'uniforme. Cette maison était le « hogan » d'été des Kinlicheenie et ne comportait pas le moindre poêle. Dans quelque temps, quand arriverait le froid très vif de ce haut pays, la famille transporterait ses pénates dans le vieux hogan d'hiver fait de pierres et d'argile et abandonnerait la maison mal défendue contre le froid. Jusque-là on se défendait de la fraîcheur sournoise en accumulant des épaisseurs de jupons. Fannie Kinlicheenie devait bien en porter une dizaine. Chee regretta d'avoir laissé sa veste d'uniforme dans sa voiture.

– Nous avons appris que cet homme était votre frère, dit Chee. Et nous aimerions avoir quelques renseignements sur lui.

– Mais il est mort, dit Fannie Kinlicheenie. Il est mort en... (Elle hésita, puis reprit :) Il était déjà mort quand je me suis mariée, en 1953.

– Je l'ignorais, dit Chee en lançant un regard à Mary.

– Pourquoi vous vouliez lui parler?

– Il était membre de l'église peyotl. Celle qui est près de Grants. Et nous aurions voulu qu'il nous donne certains détails.

– Tous des fils de putes! s'exclama Fannie Kinlicheenie. Qu'est-ce que vous voulez savoir sur eux?

– C'est au sujet d'une chose qui s'est passée autrefois. Votre frère et d'autres membres de cette église travaillaient à un puits de pétrole. Leur chef leur a recommandé de ne pas se rendre sur le chantier ce jour-là, et c'est ce jour-là que le puits a explosé.

– Oui, je sais, fit Fannie. J'étais encore fille et j'appartenais aussi à l'église peyotl. J'étais la porteuse d'eau. Vous savez ce que c'est?

– Oui, dit Chee, qui s'il ignorait beaucoup des rites de l'Eglise indigène américaine savait néanmoins que porter l'eau était un rôle mineur généralement tenu par une femme.

– Ces fils de putes, répéta-t-elle. Il y avait... (Elle regarda Mary, puis Chee. Jusque-là elle s'était exprimée en anglais, la langue qu'ils comprenaient tous les trois. Mais elle revint à sa langue natale.) Il y avait des sorciers dans cette église, dit-elle en navajo.

On ne parle pas volontiers des sorciers. Surtout

pas devant des étrangers. Des gens qui ne font pas partie du Peuple de l'Ombre.

– Comment saviez-vous qu'ils étaient sorciers? demanda Chee, continuant à parler anglais. On accuse parfois les gens à tort d'en être.

– Ils ont donné à mon frère une maladie du corps.

– Il était peut-être tombé sur un sorcier dans un autre endroit.

– Non, c'étaient eux. Et ils ont pas fait que ça. Y a eu le puits de pétrole qui a sauté, cette année-là. Ils ont raconté que le Seigneur Peyotl les avait prévenus que ça allait arriver. Oui, ils ont raconté à tout le monde que le Seigneur leur avait envoyé une vision pour qu'ils n'aillent pas travailler ce jour-là. Mais ce sont les sorciers qui ont fait sauter le puits. Voilà pourquoi ils savaient que ça allait arriver.

– Comment le savez-vous? demanda Chee qui oubliait de parler anglais et oubliait même la présence de Mary qui les regardait, intriguée.

– Je le sais, et voilà tout, fit Fannie Kinlicheenie.

Chee hésita. Une pensée lui vint brusquement à l'esprit. Jamais, dans la maison d'un Blanc, il ne régnait un tel silence. On entendait le tic-tac d'une pendule, le ronronnement d'un réfrigérateur, ou la voix d'une télévision. Ici pas le moindre bruit. Pas de circulation, pas de sirènes. Déjà le soleil se couchait et il n'y avait pas un souffle de vent.

– Ma tante, dit Chee, lui donnant la marque de respect d'un homme jeune à une vieille femme, j'ai fait un long chemin pour venir vous voir, car ce que vous savez peut avoir une grande importance. Je crois qu'il s'est passé quelque chose de très grave sur le chantier du puits de pétrole et que maintenant encore des gens meurent pour cela. Si ce sont des Loups navajos qui ont fait ça alors je crois que nous avons à faire à la même bande de sorciers. Est-ce que quelqu'un vous l'a dit?

– Non, personne ne me l'a dit. Mais je le sais.

– Comment ça s'est passé?

Fannie Kinlicheenie réfléchit un moment avant de répondre.

– Mon frère est tombé malade. Il avait mal là. (Et Fannie montra son estomac.) Là où se tient l'esprit. Et il souffrait aussi des jambes. Alors nous avons fait venir un « trembleur » pour qu'il nous dise ce qui n'allait pas. Le « trembleur des mains » nous a dit qu'un sorcier lui avait jeté un mauvais sort. Nous avons trouvé, sur la tête de Woody, une petite bosse à l'endroit où le sorcier lui avait mis une mauvaise poudre. Et puis un des autres hommes est tombé malade et on a encore appelé le « trembleur » et il a dit que celui-là aussi avait reçu un mauvais sort. Alors nous avons organisé pour tous les deux la cérémonie du Chemin de l'Ennemi qui est bien connue pour guérir les malades.

– Qu'est-ce qu'elle dit? demanda Mary.

– Une minute, dit Chee en levant la main pour lui faire signe d'attendre. (Puis revenant à la vieille femme :) Vous dites qu'un autre homme est tombé malade. C'était un membre de la même église?

– C'était Roscoe Sam, dit Fannie. Un des membres de l'équipe qui travaillait avec Woody au puits de pétrole. Un de ceux qui s'appellent eux-mêmes le Peuple de l'Ombre.

– Ah, dit Chee revenant à l'anglais par égard pour Mary. Et le « trembleur des mains » vous a conseillé de vous livrer à la cérémonie du Chemin de l'Ennemi qui guérit les malades. Mais pour faire cela, il faut connaître le nom du sorcier qui les a envoûtés.

– Oui, c'est juste, dit Fannie Kinlicheenie. Ils ont suivi le rite du Chemin de l'Ennemi pour les deux malades, sans rien négliger. Et pendant un temps ils ont eu l'air d'aller mieux. Et puis ils ont été obligés d'emmener Woody à l'hôpital, à Gallup, et là, il est mort.

– Ils ne croient pas beaucoup au Loup navajo et autres sorciers, à l'hôpital, dit Chee. De quoi ont-ils dit qu'il était mort?

– Du cancer, dit Fannie. C'est la leucémie qui s'est mise dans son sang.

– Et Joseph Sam, il vit encore dans la région?

– Il est mort, lui aussi. Et de la même maladie, à ce qu'il paraît. La leucémie.

– Alors, en somme, la cérémonie du Chemin de l'Ennemi ne leur a pas fait grand bien, dit Chee.

– C'est parce qu'ils ont attendu trop longtemps. Mais ça a tout de même marché, en partie tout au moins. Le mauvais sort s'est retourné contre le sorcier. Il est mort, lui aussi, ajouta Fannie Kinlicheenie avec un sourire entendu.

– Vous savez qui il était?

Chee posait la question, mais il savait qu'il n'obtiendrait pas de réponse. Les Navajos n'aiment parler ni des morts ni des sorciers. Alors prononcer le nom d'un sorcier mort est doublement dangereux.

Fannie Kinlicheenie humecta ses lèvres sèches.

– C'était le chef des Peyotl, dit-elle enfin.

Elle évitait ainsi de prononcer le nom de Dillon Charley.

CHAPITRE XXIV

La doctoresse s'appelait Edith Vassa. C'était elle qui avait soigné Emerson Charley au Centre de Recherches et de Traitements du Cancer de l'Université du Nouveau-Mexique. Elle aussi qui avait été chargée de découvrir ce qui était advenu du corps de Charley. Elle en avait par-dessus la tête de cette enquête qui n'avait rien donné et son expression le montrait.

– Je vais vous dire en peu de mots ce que je sais. Emerson Charley a cessé de vivre vers les cinq heures du soir. Le médecin de service s'est livré à l'examen habituel et a délivré le certificat de décès. Le corps destiné à l'autopsie a été transféré à la chambre froide de la morgue. Le lendemain matin le préposé à la morgue a constaté qu'il n'avait qu'un corps au lieu de deux. Il en a conclu que le corps avait été transféré au laboratoire de morphologie pour subir les examens nécessaires. (La doctoresse Vassa fit de la main un geste impatient et ajouta :) Pour vous éviter les détails inutiles, je vous dirai simplement que le corps avait disparu.

– Vous en concluez qu'il a été volé?

– J'en conclus que des membres de sa famille sont venus le chercher. Le corps de police d'Albuquerque pensait que nous l'avions égaré. (Et la doctoresse eut un petit rire sans gaieté.) Tout ce que nous savons c'est qu'un des chariots de la morgue a été retrouvé le lendemain matin près de la sortie de service de la buanderie. On s'en est probablement servi pour déplacer le corps. Nous avons découvert également que le sac d'effets personnels qui appartenait au second mort avait également disparu. On peut donc en déduire que quelqu'un s'est introduit dans la morgue, s'est saisi du sac d'effets qui n'appartenait pas au corps qu'il comptait enlever, qu'il a jeté sur le chariot le mort et le sac, qu'il les a roulés tous les deux jusqu'à l'entrée de service de la buanderie et qu'il les a ensuite transférés dans une voiture quelconque.

– En somme on le conservait à fin d'autopsie?

– Oui.

– Mais pourquoi une autopsie?

– C'est la routine habituelle. Nous nous livrons à une série de travaux sur le cancer. Comment il agit sur les cellules. Quel effet a le traitement sur les tumeurs. Sur la moelle épinière. Le développement des métastases, etc.

– Dites-moi, la leucémie, est-ce une forme de cancer relativement rare parmi les adultes?

– Relativement, oui, dit la doctoresse Vassa. Nous pouvons, je crois, affirmer que dans nos services le pourcentage de cancer atteint cette année moins de trois pour mille et que la leucémie représente environ un pour cent de ce chiffre. Disons donc trois pour cent mille.

– Trois pour mille? répéta Mary Landon. Que penseriez-vous alors d'une situation dans laquelle six hommes, tous amis, tous membres d'une même secte, et plus ou moins parents, meurent tous du cancer?

– J'en serais surprise, dit le Dr Vassa.

– Mais surprise jusqu'à quel point? demanda Mary Landon. Trois sur six au lieu de trois sur mille.

– Ce serait une curieuse coïncidence, mais de telles choses arrivent, parfois. Emerson était-il un des trois?

– C'était le fils d'un des trois.

– Et son père est également mort du cancer?

– C'est ce qu'on nous a dit, répondit Mary.

– Mais vous n'en êtes pas absolument sûrs? demanda le Dr Vassa. Vivaient-ils dans la même région? Travaillaient-ils sur le même chantier? S'ils sont tous morts du cancer, cela devrait intéresser notre service d'épidémiologie. (Elle décrocha le téléphone et ajouta :) Je prends rendez-vous pour vous avec Sherman Huff.

Le cabinet du Dr Huff se trouvait au sous-sol. Il posa à ses visiteurs quelques questions, prit quelques notes puis décrocha le téléphone, en disant : « Trois sur six, c'est tout de même beaucoup. Il nous faut avant tout découvrir s'ils sont sur fiches ici. » Parlant dans l'appareil, il s'annonça, consulta ses notes et énuméra les noms de Dillon Charley, de Roscoe Sam et de Woody Begay.

Puis il se tourna vers Chee et Mary Landon :

– Un instant. Bon, fit-il en prenant des notes. Merci. Mettez ces dossiers de côté. Je viendrai les consulter. (Là-dessus, il raccrocha et se tourna vers Chee.) Dillon Charley, leucémie. Roscoe Sam, tumeur maligne du foie et autres organes vitaux. Woody Begay, leucémie. (Et l'air pensif :) Ça fait beaucoup de cancers et beaucoup de cas de leucémie pour des hommes de cet âge.

– Et Emerson Charley, ajouta Mary Landon. Il est également mort de leucémie.

– Oui, c'est ce que m'a dit ma collègue Vassa, dit Huff. Mais nous allons nous en assurer et réclamer également son dossier.

Et à nouveau il décrocha le téléphone.

– Pendant que vous les avez au bout du fil, dit Chee, donnez-leur également les noms de Rudolph Becenti, de Joseph Sam et de Windy Tsossie.

– Ils faisaient également partie de l'équipe des six? Avez-vous entendu dire qu'ils étaient également morts du cancer?

– Tout ce que nous savons c'est que Joseph Sam est probablement mort vers les années 50 mais nous avons été incapables de retrouver trace de Becenti ou de Tsossie.

– Les dossiers en question sont strictement

confidentiels, dit Huff. Je peux confirmer la mort par cancer par voie légale. Mais je ne suis pas censé vous fournir des renseignements.

– Je ne vous demande qu'une chose. La certitude qu'ils sont bien morts du cancer. Sinon je me verrai obligé d'aller à la recherche de leurs certificats de décès dans les instances juridiques du canton.

Huff redécrocha le téléphone. Il demanda qu'on lui apporte le dossier d'Emerson Charley ainsi que des renseignements sur Tsossie, Becenti et Joseph Sam.

Un silence plana, puis le téléphone sonna.

– Je vous écoute, dit Huff. (Il prit quelques notes et ajouta :) Bon. Qu'on m'apporte tous leurs dossiers. (Il raccrocha, considéra en silence ses visiteurs, puis dit enfin :) Et voilà.

– Un autre? demanda Mary.

– Oui. Rudolph Becenti. Une autre forme de leucémie.

– Cela fait quatre sur six, lui fit observer Mary Landon.

– Exactement, dit le Dr Huff. Et c'est un pourcentage bigrement élevé.

– Qu'en est-il des deux autres? demanda Chee. Tsossie et Joseph Sam?

– Leurs noms ne figurent pas dans les dossiers, fit le Dr Huff. (Et fronçant le sourcil :) Quatre sur six. Comment expliquer cela? Quel genre de travail exerçaient-ils?

– En 1948 ils faisaient partie d'une équipe de manœuvres employés sur le chantier d'un puits de pétrole proche de Grants. De plus ils appartenaient tous les six à une secte de l'Eglise indigène américaine.

– Ils n'ont jamais travaillé dans des mines d'uranium? Nous avons remarqué parmi ces mineurs une recrudescence du cancer mais il s'agissait de cancer du poumon. Croyez-vous pouvoir retrouver les deux autres?

– Nous allons continuer nos recherches sur Tsossie. Mais Joseph Sam est mort. Il ne vous est donc plus d'aucune utilité.

– Détrompez-vous, dit Huff. Certaines formes de cancer laissent des traces sur les tissus osseux. D'autres dans la moelle osseuse même, à la suite de métastases. On trouve également des indications dans les côtes, les vertèbres ou la moelle osseuse des plus gros os, ainsi que je vous le disais tout à l'heure. Savez-vous où Joseph Sam a été enterré?

– Non, mais nous pouvons chercher à le savoir, dit Chee.

– Et pendant ce temps, nous nous efforcerons de découvrir quel est entre eux le commun dénominateur. Parlez-moi donc de cette église à laquelle ils appartenaient tous.

– L'Eglise indigène américaine, dit Chee. La secte peyotl.

– Si le peyotl était cancérigène, dit le Dr Huff en souriant dans sa barbe, le mystère serait éclairci. Mais il n'en est rien. Rien d'autre ne lcs unit?

Chee lui raconta alors la vision qu'avait eue

Dillon Charley, qui avait épargné toute l'équipe au moment de l'explosion du puits de pétrole, et des survivants qu'unissait le culte du Peuple de l'Ombre.

– Et leur fétiche est une taupe? C'est bien ça? N'emploient-ils pas de préférence comme amulette un animal plus puissant et plus redoutable, comme l'ours ou le puma?

– La taupe est le prédateur de l'ombre, dit Chee. Mais il est inhabituel, en effet, de s'en servir comme totem.

– Alors, encore une fois, pourquoi ont-ils choisi la taupe? demanda Huff.

– Je me le suis demandé, reconnut Chee. (Et brusquement frappé d'une idée :) Celui qui a dérobé le corps d'Emerson Charley n'a pas pris ses effets personnels. Pourrions-nous y jeter un coup d'œil?

– Pourquoi pas? dit Huff. A condition qu'on ne les ait pas égarés, eux aussi.

CHAPITRE XXV

Le sac de plastique rouge était dans la réserve du second étage, parmi une quantité de sacs de plastique tous pareils rangés par ordre alphabétique.

– Bracken, fit le préposé. Caldwell. Charley. C'est bien ça. Emerson Charley. Vous pouvez en examiner le contenu ici, sur cette table.

Chee retira d'abord un vieux feutre noir tout cabossé, une paire de bottes de cow-boy qui avaient besoin d'être ressemelées, une montre Timex à bracelet d'acier, une chemise à petits carreaux, un tee-shirt, deux shorts, des chaussettes, un trousseau de clés de voiture, un couteau de poche, une petite bourse de cuir terminée par une longue lanière également de cuir, deux paires de lacets bleus, un paquet d'allumettes en papier et un porte-billets. Chee mit la poche de cuir et le porte-billets de côté, puis explora les poches. Elles étaient vides. Il examina ensuite le porte-billets. Il contenait un billet de cinq dollars, deux d'un dollar, un permis de conduire, une carte de sécurité sociale et une autre au nom de l'agent qui avait assuré le camion de Charley.

Il s'empara alors du sac de cuir.

– Qu'est-ce que c'est? demanda Mary. Et que cherchez-vous?

– C'est dans des sacs de ce genre que nous portons les objets du culte. En principe, il est constitué du flanc d'un daim tué selon le rite. Il contient également une petite poche de fiel dont nous nous servons pour guérir les malades et lutter contre la sorcellerie. Du pollen. Peut-être aussi de la farine de maïs, utile dans certaines cérémonies... (Il défit le cordon du sac, y fouilla du bout des doigts.) Et c'est également là que nous portons notre fétiche si nous en avons un.

Le fétiche qu'il sortit du sac était noir, triste et avait la forme d'une taupe aveugle au long nez. Il le tendit à Mary pour qu'elle l'examine tout à son aise. Il était lourd; taillé dans une pierre tendre, du schiste probablement.

– C'est bien lui, dit-il. Le prédateur du nadir. L'esprit du monde souterrain. Du Peuple de l'Ombre.

Il le contempla, lourd dans sa main, y cherchant quelque éclaircissement. La taupe était soigneusement exécutée, mieux que la plupart des fétiches. Chee se rappela alors les petites sculptures d'amateur que B. J. avait collectionnées et qu'il conservait dans des vitrines de son immense bureau. Aurait-il sculpté lui-même ce fétiche en forme de taupe? Aurait-il été taillé dans un des fragments de cette roche noire qu'Emerson Charley avait découverts dans le coffret à souvenirs de Vines? Peut-être. Mais dans ce cas qu'elle était, encore une fois, sa signification? Il remit le fétiche dans le sac de daim.

– Il vous enseigne quelque chose? demanda Mary.

Pour toute réponse, Chee récita en navajo deux lignes d'un chant de bénédiction.

La taupe, son terrain de chasse est l'obscurité.
La taupe, son chant de chasse est le silence.

CHAPITRE XXVI

Le secrétaire du Dr Huff s'approcha d'eux au moment où ils sortaient de la réserve et tendit à Chee un message de son bureau de Crownpoint, lui demandant d'appeler Martin au siège central du F.B.I. à Albuquerque.

– Je croyais que personne ne savait où nous étions, dit Mary en fronçant le sourcil. N'était-ce pas pour nous une question de sécurité?

– Personne sauf mes collègues, au bureau.

– Mais s'ils le savent, vous ne croyez pas que d'autres aussi l'apprendront?

– De quelle façon? demanda Chee.

Mary, l'air inquiète, réfléchit un moment, puis finit par hausser les épaules en disant :

– Vous avez sans doute raison, mais vous savez comment sont les gens.

Martin désirait simplement rappeler à Chee qu'il s'était engagé à venir examiner les photos de leurs listes de suspects.

– Je viendrai sans faute dans un jour ou deux, lui promit Chee. Pour vous dire la vérité je me tiens soigneusement à l'écart des lieux où qui vous savez pourrait me guetter.

– Je crois que vous pouvez cesser de vous inquiéter à ce sujet. Il est parti.

– Comment le savez-vous?

– Nous avons passé la région au peigne fin, assura Martin. Visité les hôtels, les motels, bref tous les lieux où il aurait pu séjourner. Nous avons même vérifié qui étaient les locataires d'appartements meublés à louer.

– Vous vous êtes donné beaucoup de peine, lui fit observer Chee.

– Il n'est certainement plus dans la région, affirma Martin. De plus nous avons retrouvé la Plymouth verte et blanche. Dans un petit garage de Gallup. Ce fils de pute a déclaré au mécanicien de service que sa soupape avait besoin d'être révisée et il lui a bien recommandé de prendre tout son temps car il n'était pas pressé. Voilà pourquoi nous n'avons trouvé nulle part la Plymouth abandonnée.

– Pas bête, fit Chee. Et savez-vous comment il a quitté Albuquerque, cette fois?

– Nous sommes presque sûrs qu'il a volé une voiture. Et qu'il est allé Dieu sait où. A El Paso, peut-être, ou Denver. En tout cas assez loin pour échapper à nos recherches. Et de là, il a dû prendre l'avion pour se rendre où il voulait aller.

– Vous êtes donc sûrs qu'il n'est plus à Albuquerque?

– Sûrs et certains, dit Martin. A moins évidemment qu'il ne se soit réfugié chez des parents.

CHAPITRE XXVII

A passer des heures à rouler par-ci par-là à la recherche d'anciens membres du clan de l'Argile, Jimmy Chee obtint certains renseignements sur Windy Tsossie. Il apprit, entre autres, que peu après l'explosion du puits de pétrole, Tsossie avait épousé une des filles de Grace Yazzie, du clan de la Pierre levée. Il était parti ensuite, en direction nord-ouest, pour la région de Bisti pour se joindre à sa nouvelle famille. Mais on ne l'avait pas revu du côté d'Ambrosia Lakes. Chee apprit également que l'épouse de Tsossie était morte, mais il n'apprit pas que cela. On lui dit que la belle-sœur de Tsossie, une certaine Romana Musket, bien vivante, elle, vivait entre Thoreau et Crownpoint, dans une maison de bois au toit de tôle que l'on apercevait d'un tournant de la grand-route. Il y avait de fortes chances pour que Romana Musket sache où on pourrait retrouver Tsossie, mort ou vif. Ce dernier point restait dans le vague. Personne n'avait entendu dire qu'il fût mort, mais personne ne l'avait rencontré au cours des dernières années. Chee finit par se faire une opinion de Windy Tsossie, opinion d'ailleurs négative. Des membres de sa famille, ou de son clan, lorsqu'ils admettaient se souvenir de lui, le faisaient sans amitié ni respect. Ils parlaient de lui à contrecœur et de manière vague. Personne n'articula de grief précis; avec un Navajo tel que Chee, c'était inutile, mais il comprit que Windy Tsossie n'était pas « parti entouré de beauté » et que ce n'était pas un homme de tout repos. En un mot comme en cent, on le soupçonnait d'être un sorcier.

– Je ne comprends pas comment vous pouvez affirmer ça, objecta Mary. Vous m'avez répété leurs paroles. Personne ne l'a accusé d'une chose pareille.

– Ils s'en garderaient bien, dit Chee. Surtout devant un étranger. Je pourrais être un sorcier moi-même. Ou vous. Et les sorciers n'aiment pas les gens qui parlent des sorciers.

– Vous ne croyez pas que vous en rajoutez? demanda Mary en bâillant ostensiblement.

– Vous n'avez pas remarqué que parler de Tsossie les rend nerveux?

– Ce qui m'intéresse, déclara Mary, c'est que nous en retrouvions enfin un de bien vivant. Ce qu'il nous apprendra, je n'en sais rien, mais il se souviendra certainement de quelque chose.

– S'il est vivant.

– Il l'est.

– J'ai cette impression, moi aussi, reconnut Chee.

Ils avaient emprunté le camion d'un sous-commissariat et renoncé au relatif confort d'une voiture de patrouille afin de pouvoir s'engager sur de simples pistes. Ils roulaient en ce moment, presque constamment en seconde, sur un chemin de terre aux profondes ornières qui amorça une brusque descente. Chee alluma les phares qui éclairèrent le fond large et sablonneux d'un arroyo. Lorsqu'ils arrivèrent sur le bord, Chee stoppa.

– Chaco Wash, dit-il.

Il alluma le plafonnier, déplia la carte de la Région indienne publiée par le Club automobile de la Californie du Sud, qu'il trouvait à la fois exacte et détaillée. Selon cette carte, le chemin de terre qu'ils avaient suivi aboutissait effectivement à Chaco Wash, une sorte de chenal.

Chee replia la carte de la Région indienne et prit dans sa poche de poitrine un feuillet détaché d'un carnet de notes par le petit-fils de Ramona Musket. Ce dernier y avait tracé un itinéraire qui les aiderait à atteindre le hogan où Rudolph Charley présidait au cérémonial de la Voie du Peyotl auquel participait sa grand-mère. Ce jeune garçon d'une douzaine d'années portait un tee-shirt imprimé du S de Superman. Il avait dessiné soigneusement, à la plume, la route à suivre et expliqué que Rudolph Charley était le nouveau chef peyotl parce que l'ancien, le frère aîné de Rudolph, avait été assassiné.

– A Chaco Wash, avait-il expliqué la route se perd. Vous tournez à droite et vous roulez sur le fond de sable du chenal. Comme ça, vous serez moins secoués. Mais faites bien attention de tourner au bon endroit. Je vais vous marquer des points de repère. (Il leva les yeux, sourit à Mary, revint poliment à l'anglais et répéta :) Si vous faites pas très attention vous risquez de vous perdre.

Sur son croquis, le jeune garçon avait marqué « buissons de genévriers » à l'endroit où ils devaient pénétrer dans le chenal. Chee discerna ces buissons, les dépassa et se mit à rouler sur le fond lisse de l'arroyo.

– C'est là que si nous ne faisons pas attention nous risquons de nous perdre? demanda Mary.

– Oui, c'est là.

– Alors, je vous en supplie, faites attention, implora Mary. Je suis crevée. J'ai l'impression de rouler dans ce camion depuis quinze jours.

– Seulement depuis le lever du soleil, dit Chee.

– Il me semble, dit Mary en se retournant brusquement, que si je regarde par la vitre arrière je m'apercevrai que quelqu'un nous suit. Non, pas quelqu'un. L'homme aux cheveux blonds.

– Comment le pourrait-il? demanda Chee. Et comment pourrait-il savoir à quel endroit nous nous rendons?

Mary frissonna et se recroquevilla sur elle-même.

– Peut-être parce qu'il est malin, dit-elle. Ou peut-être parce qu'il a lui aussi une raison d'assister au cérémonial du peyotl.

– Je ne vois pas pourquoi?

– C'est un service à la mémoire de Thomas Charley, non? Ou quelque chose de ce genre. Peut-être que lui aussi cherche, tout comme nous, à retrouver des gens. Peut-être que nous tomberons sur lui, là-bas.

– J'en doute, fit Chee.

– Je crois que vous êtes, comme moi, trop fatigué pour vous en soucier. Fatigué même au point de me révéler votre nom de guerre.

– Nous n'en avons plus pour très longtemps, dit Chee, éludant la question. Nous arriverons chez Charley vers minuit. Là, Mme Musket nous déclarera que Windy vit à Grants, et elle nous donnera son adresse et son numéro de téléphone. Nous nous accorderons quelques heures de sommeil, puis demain nous appellerons Tsossie et il nous apprendra qui a fait sauter le puits de pétrole; il nous fournira également les preuves qui nous permettront de traîner le ou les coupables en justice. Il nous dira également qui a dérobé à l'hôpital le corps d'Emerson Charley, qui a chargé l'homme blond d'assassiner Thomas Charley et...

– Oh, assez! fit Mary en bâillant largement. Avec la chance qui nous caractérise, le gosse nous aura donné une fausse adresse, ou une date inexacte. Ou encore Mme Musket ne sera pas là, ou elle n'aura jamais entendu parler de Windy Tsossie, ou bien votre tête ne lui reviendra pas et elle refusera de répondre. Ou elle vous dira que Tsossie est parti pour la Tanzanie sans laisser d'adresse ou nous découvrirons que ce n'est pas le Tsossie que nous recherchons. Enfin, le type blond nous attend là-bas et il vous tuera. Ou pire encore, il me tuera.

– Tout cela, nous ne tarderons pas à le savoir, dit Chee en souriant.

A minuit moins cinq, ils arrivèrent à un amas rocheux. Les phares du camion se réfléchirent dans un pare-brise, puis dans le toit de tôle ondulée d'une cabane. Chee ralentit et examina les lieux, à la lumière de ses phares. Trois camions, une vieille Chevrolet blanche et une charrette avec des bottes de foin en guise de sièges. A vingt mètres de la cabane, on apercevait un hogan de pierre de forme circulaire et le mince filet de fumée bleue qui montait de l'ouverture aménagée au centre du toit conique colmaté de glaise. Personne en vue.

Chee arrêta son véhicule derrière le moins délabré des trois camions, éteignit les phares, et descendit dans l'obscurité. Par cette nuit sans lune, des millions d'étoiles brillaient dans un ciel de velours noir. Le visage levé vers le firmament, Chee se délecta de ce spectacle. La courbe lumineuse de la Voie Lactée, le dessin des constellations dans la voûte céleste hivernale, la silencieuse et incroyable luminosité de l'univers, tout l'enchantait.

– Dieu tout puissant, murmura Mary qui avait surgi à côté de lui, je n'ai jamais vu un ciel pareil!

– C'est une question d'altitude, lui expliqua

Chee. Nous sommes à plus de deux mille mètres au-dessus du niveau de la mer et l'air est extraordinairement transparent. Il y a aussi l'absence de toute lumière au sol. Regardez là-bas, ajouta-t-il en tendant le bras. Vous voyez cette lueur, à l'horizon? C'est Albuquerque. Elle est à plus de cent cinquante kilomètres d'ici et pourtant nous la distinguons.

– Cela vous fait oublier pendant une minute combien on a froid, dit Mary en frissonnant. Mais la minute est écoulée et je suis transie.

Du hogan leur parvenait un chant, une mélopée plutôt, et l'accompagnement assourdi d'un tambour. La distance, les murs du hogan étouffaient les sons au rythme montant et descendant qui semblaient faire partie de la nuit. Chee consulta sa montre. Les adeptes du Seigneur Peyotl n'arrêteraient pas leur cérémonial avant minuit. Ils l'avaient commencé au coucher du soleil après avoir dit des prières pour annoncer au soleil couchant que leurs intentions étaient saintes et que les rites se poursuivraient jusqu'au lever du soleil. Mais à minuit, ils faisaient une pause, ce qui signifiait qu'il y avait encore cinq minutes à attendre.

– Quand j'étais enfant, raconta Chee, ma mère m'éveillait parfois au plus noir de la nuit et m'emmenait hors du hogan pour m'apprendre la marche des étoiles, comment se déplacent les constellations et aussi comment distinguer les directions et l'heure qu'il était à condition de connaître le temps de l'année.

Plus aucun bruit ne venait du hogan et brusquement apparut de la lumière à la porte, comme on écartait la draperie qui en voilait l'entrée.

Chee monta dans la cabine de son camion et alluma le plafonnier. La politesse voulait que les gens qu'ils venaient visiter sachent à qui ils avaient à faire.

Contrairement aux vues pessimistes de Mary, Mme Musket était bien là. C'était une femme corpulente, aux cheveux gris, qui portait un châle rouge et vert par-dessus la blouse et la jupe de velours, costume traditionnel des femmes navajos. Mais elle ne parut guère disposée à parler de Windy Tsossie.

Rudolph Charley invita les hôtes inattendus à entrer dans le hogan plutôt que de rester au froid et il les écouta. Il ressemblait à Thomas Charley en plus jeune, et en plus maigre encore :

– Cela s'est passé il y a longtemps, expliqua Chee. Bien avant qu'il épouse votre sœur. Il y a eu une explosion au puits de pétrole où il travaillait et nous voudrions savoir s'il se souvient de ce qui s'est passé.

Le regard de Mme Musket alla de Chee à Mary, puis à Charley et revint à Chee.

– Il ne se souviendra de rien, dit-elle.

– C'est que tous ceux qui travaillaient avec Tsossie sont morts. Nous ne pouvons donc pas les interroger. C'est pourquoi nous aimerions lui parler.

– Je crois bien que Windy est mort, lui aussi,

déclara Rudolph Charley. Je pense que le sorcier n'en a épargné aucun.

– Oui, dit Mme Musket. Il est mort.

– Quand est-il mort? demanda Chee.

Il soupçonnait fortement Mme Musket de lui mentir. L'expérience lui avait appris à observer de très près le visage des gens qu'il questionnait. Mentir les rend nerveux et Mme Musket était visiblement nerveuse. Il est vrai qu'elle l'aurait été de toute façon, interrogée ainsi en pleine nuit par des étrangers qui venaient lui parler de mort. Mais dans son cas, il y avait plus que de la nervosité. C'était quelque chose de vague et d'indéfinissable. Et brusquement Chee comprit. Mme Musket avait mâché du peyotl, bu le « noir breuvage » du cérémonial... du thé de peyotl, et elle était dans l'état de transe des drogués. Chee lança un coup d'œil à Rudolph Charley qui avait présidé au cérémonial et qui regardait Chee comme s'il n'était pas sûr qu'il existât vraiment.

– Quand est-il mort? demanda Chee. Et qu'ont-ils fait de son corps?

– Cela se passait il y a longtemps, dit Mme Musket qui regardait Chee et à travers Chee. (Des secondes s'écoulèrent. Elle reprit enfin :) Ils vivaient du côté de Bisti, dans le pays pauvre. Je n'habitais pas avec eux à ce moment-là. Mais mon beau-frère était un sorcier et quelqu'un a jeté le mauvais sort sur lui. Il a été atteint d'un mal du corps et il est mort.

– Vous n'étiez pas avec eux, mais vous en avez entendu parler? C'est bien ça. Par votre sœur?

– Oui, par ma sœur, dit Mme Musket.
– Et il est mort de maladie?
– Oui, d'une maladie du corps.
– A quel endroit?
– Dans le hogan de ma sœur.
– Et c'est là qu'on l'a enterré?
– Ils ont demandé à un Blanc qui travaillait lui aussi à Bisti de venir et d'ensevelir le corps dans les rochers. Ils m'ont dit qu'il l'avait mis dans une fissure, au creux de la falaise, puis recouvert avec des pierres.
– Et là-dessus, tout a recommencé, fit brusquement Rudolph Charley. La sorcellerie.
Chee l'observa. Les yeux de Charley semblaient contempler quelque chose de très lointain.
– La première fois, c'est mon grand-père qui a été tué et tous ceux à qui le Seigneur Peyotl a permis d'avoir la vision. Oui, ils sont morts tous les cinq de sorcellerie. Et maintenant, ça a recommencé. D'abord c'est mon grand-père qui meurt. Maintenant c'est mon père et ensuite mon frère. Cette nuit, nous avons demandé au Seigneur Peyotl de nous envoyer la vision de ce qui va arriver...
– Et cette vision, vous l'avez eue? demanda Chee.
– J'ai vu la taupe, dit Rudolph Charley. Le fétiche qui a appartenu à mon père et à mon grand-père.
– Rien de plus? demanda Chee.
A ce moment, la porte s'ouvrit et deux hommes pénétrèrent dans la pièce. Ils regardèrent Chee,

puis Mary. L'un d'eux ajouta du petit bois au feu de pignons qui rougeoyait sur un lit de braise. L'autre alla s'accroupir contre le mur du fond, à côté du tambour, regardant, attendant. Et brusquement l'humeur de Rudolph Charley changea.

– Rien que vous puissiez comprendre, dit-il. Il nous faut tout recommencer. Achever notre cérémonial.

– L'homme avec qui vous vouliez vous entretenir est mort, dit Mme Musket.

– Bon, fit Chee. Dans ce cas, dites-moi simplement comment découvrir la fissure où ils ont déposé son corps.

CHAPITRE XXVIII

Colton Wolf était enfin prêt à passer à l'action. Après avoir fait installer dans la cabine de son camion une radio C.B. et un radio-téléphone, il suivit un arroyo, à l'est des Monts Sandia, et s'assura qu'il tirait toujours aussi juste en s'exerçant avec son fusil et son revolver calibre 22. Le fusil, une arme coûteuse, était un Ruger calibre 30 équipé d'un viseur. Colton utilisa la moitié d'une boîte de cent cartouches à ajuster sa visée dans un éventail de 250 mètres et à une distance de 800. Par un coup de fil à l'hôpital il avait appris que la Western Union ne pouvait transmettre un télégramme à Jim Chee, qui avait disparu, ce qui ne fit que confirmer ce que Colton soupçonnait. Il appela alors la rédaction de l'*Albuquerque Journal,* déclina ses « titres » de professeur de l'Université, demanda et obtint l'autorisation de se livrer à des recherches dans les archives du journal. En feuilletant pendant une heure les comptes rendus d'affaires criminelles, il apprit les noms des agents du F.B.I. et des shérifs qui avaient exercé, à l'époque, à l'intérieur et aux abords de la Réserve navajo. Il releva certains noms, certains renseignements, puis demanda s'il existait un dossier sur un certain B. J Vines. La réponse fut affirmative. Les coupures de journaux les plus anciennes faisaient état du transfert par Vines d'une concession d'uranium à un consortium de compagnies minières ayant à leur tête la Kennecott Copper et la Kermac Nuclear Fuels. Une dépêche de New York lui apprit que Vines avait remporté le Trophée Weatherby lors du championnat mondial de Chasse aux Grands Fauves. Seul point intéressant, un reportage avec photos de la demeure de Vines, sur un versant du Mont Taylor. Cette résidence « passait pour la plus luxueuse qui ait jamais été construite au Nouveau-Mexique ». L'homme dont Colton avait relevé le nom dans le coffret qu'on l'avait chargé de retrouver était visiblement assez riche pour payer le prix. Oui, il y avait de fortes chances pour que ce Vines fût son client. C'était probable, mais non certain, car ce coffret, quelqu'un d'autre le recherchait. Colton n'en ajouta pas moins à ses notes une description de la maison et du meilleur moyen de s'y rendre. Si tout le reste échouait, ces renseigne ments pourraient se révéler utiles.

Colton s'arrêta enfin à la bibliothèque municipale où il consulta des annuaires et releva les numéros qui l'intéressaient. Puis il quitta Albuquerque, laissa derrière lui la vallée du Rio Grande, franchit à plusieurs reprises le Rio

Puerco et, à une moyenne de 80 kilomètres à l'heure, roula à travers l'immense plateau désert coupé de collines du Centre-Ouest du Nouveau-Mexique. Tout en roulant, il vérifia la réception de sa radio C.B. qui se révéla excellente. La technique et la terminologie étaient semblables à celles qu'on employait dans tous les autres Etats. Il vérifia également son téléphone en appelant le Service des Prévisions Météorologiques des Etats-Unis. On annonçait pour cette région du Nouveau-Mexique des nébulosités croissantes, des sautes de vent, un rafraîchissement de la température, et soixante pour cent de risque de neige avant minuit. Des panneaux verts apprirent à Colton qu'il approchait de l'embranchement de Grants. Sur sa droite, le Mont Taylor se détachait sur un ciel incroyablement bleu, son sommet couronné de neige. Colton arrêta son camion en bordure de l'autoroute, décrocha son appareil, consulta son bloc-notes et appela le bureau de la Police Tribale navajo de Crownpoint.

Une voix féminine lui répondit.

– Ici le F.B.I., dit Colton. A Albuquerque. L'agent Martin. Puis-je parler au capitaine Largo?

– Il travaille à Tuba City, dit la voix. Son numéro...

– Je sais, fit Colton, mais Largo m'avait dit qu'il passerait peut-être chez vous aujourd'hui. Et Jim Chee?

– Il n'est pas là non plus. Il prend quelques jours de repos.

– Comment va-t-il? J'espère que ses côtes se ressoudent.

– Je crois qu'il va bien.

– C'est lui que je voulais joindre. Nous avons un certain nombre de photos et de documents que nous aimerions lui soumettre. Au sujet des meurtres.

– Une minute, dit la voix féminine.

Colton attendit. Le moment était crucial. Il ne pouvait pas se permettre d'attendre plus de quatre minutes au maximum. Sinon on pourrait retrouver sa trace. Il ne pouvait courir le risque que la police s'aperçoive qu'il s'agissait d'un appel radiotéléphonique. La grosse aiguille de sa montre entamait déjà la seconde minute.

– Nous allons tenter de l'atteindre par radio, dit une voix, une voix d'homme, cette fois. Quel message devons-nous lui transmettre?

– Dites-lui que Martin a certains renseignements à lui fournir et que j'ai des photos à lui soumettre. Dites-lui que je suis dans la Réserve et qu'il me téléphone. (Là-dessus, il donna un numéro imaginaire qui sonnait juste et ajouta :) Est-il près d'une cabine téléphonique?

– J'en doute, dit la voix masculine.

– Ecoutez, dit Colton. C'est urgent. Essayez par tous les moyens de l'atteindre et s'il se trouve trop loin de tout téléphone, puis-je vous demander de me rappeler et de me dire à quel endroit il est, à peu près.

– Entendu, fit la voix.

– Parfait. Merci.

Colton raccrocha, mit sa radio au point d'écoute et se remit à rouler sur la Nationale 25. Il avait à peine franchi un kilomètre qu'il enregistra le premier appel de Crownpoint à l'intention de Jimmy Chee.

Colton continua à rouler à une bonne moyenne vers l'ouest, laissa derrière lui Grants, le gisement d'uranium et ses moulins-broyeurs, Ambrosia Lakes, puis pénétra dans une région au sol raboteux qui s'élevait en pente régulière. Crownpoint s'efforçait de joindre Chee par des appels qui se répétaient toutes les dix minutes. A l'embranchement de Thoreau, Colton quitta la Nationale et se gara sur le bas-côté. Il avait décidé d'attendre à cet endroit. Pas un instant, il n'avait pensé que Chee quitterait le pays après qu'il l'ait si lamentablement raté à l'hôpital. Pourquoi s'enfuirait-il? Quelle meilleure cachette pour un Indien que la Réserve indienne?

Il s'installa, les genoux appuyés contre le tableau de bord, et se fabriqua un sandwich avec les ingrédients qu'il avait pris dans sa caravane. Et comme toujours, il mastiqua soigneusement. Le Mont Taylor était loin derrière lui et cependant, glacial, orgueilleux, il dominait toute la contrée. Lorsqu'il en aurait terminé, lorsqu'il aurait retrouvé Jim Chee et qu'il les aurait tués, la femme et lui, lorsque ses traces seraient effacées et qu'il se sentirait à nouveau en sécurité, il trouverait une autre approche pour revoir sa mère. Peut-être un hypnotiseur pourrait-il l'aider à ramener au jour certains de ses souvenirs. Oui, quelque chose qu'il avait oublié, quelque chose d'utile. Il se souvenait vaguement d'une vieille femme qui le prenait sur ses genoux, de son haleine imprégnée de tabac. Peut-être était-ce sa grand-mère? S'il pouvait se souvenir d'elle – ou encore de l'endroit où ils habitaient quand il était tout petit –, ça aussi pourrait l'aider. Mais il ne voyait qu'une succession de jours gris, froids, brumeux, de jours de pluie, de jours qu'il passait dans une pièce solitaire, en haut d'un immeuble, de ses repas déposés dans le réfrigérateur, de sa mère qui rentrait le matin, et il sentait encore ses cheveux humides qui lui caressaient le visage, et ses mains glacées contre ses joues. Il y avait des hommes aussi, mais aucun dont il pût se souvenir.

Il leva les yeux vers le ciel d'un bleu intense, mais ses pensées étaient encore dans cette pièce solitaire, et il se souvenait même des craquelures du linoléum grisâtre. Il possédait en tout et pour tout deux billes et elles se pourchassaient l'une l'autre dans ces craquelures. Il se rappelait avoir joué à ce jeu pendant des heures, jour après jour, et il voyait les carreaux gris de crasse, mais il ne se souvenait pas du nom de la ville. Pourtant on avait dû le prononcer devant lui. Et un enfant de quatre ou cinq ans devrait retenir un tel nom. Sa mère lui parlait peu et elle n'avait aucune raison de lui dire qu'ils vivaient à Seattle, à Portland, ou Dieu sait où. Mais il avait dû entendre prononcer ce nom. Oui, il s'adresserait à un hypnotiseur qui l'aiderait peut-être à retrouver ses souvenirs enfouis dans sa mémoire, sa mémoire qui n'était plus ce qu'elle avait été. Il avait comme des trous. Il passa son pouce sur son chandail et sentit une bosse à l'endroit où une côte s'était mal ressoudée. Or il ne l'avait pas encore, cette bosse, lorsqu'ils vivaient à San Diego. Mais il ne se souvenait pas avoir reçu la raclée qui l'expliquerait. De même pour l'épais bourrelet blanchâtre mal dissimulé par ses cheveux, au-dessus de son oreille gauche. Cela aussi s'était produit dans sa toute petite enfance. La dernière fois qu'il avait tenté d'évoquer ce souvenir, c'était à Taylorville, mais il avait été pris de nausées et il y avait renoncé.

A nouveau on appela Jim Chee, de Crownpoint, mais cette fois, Chee répondit.

Colton posa son sandwich, prit son bloc. Crownpoint était en train de transmettre le message qu'il leur avait laissé.

– Diable! s'exclama Chee. Nous sommes en ce moment près de l'ancien comptoir de Bisti.

Colton nota sur son bloc « nous sommes près de Bisti » et souligna le « nous ».

– Si vous êtes loin de tout téléphone, il m'a demandé de le rappeler de votre part et de lui dire où il pourrait vous rencontrer. Il est prêt à vous rejoindre dans la Réserve.

– Ma foi, fit Chee après réflexion, je crois qu'il fera mieux de m'attendre. Nous sommes à la recherche d'un hogan qui se trouve au nord-ouest de ce vieux comptoir, à environ quinze kilomètres de l'endroit où je suis, mais il me faudra sans doute un certain temps pour le découvrir. Dites-lui que je le verrai à notre bureau de Crownpoint, ce soir. Dites-lui que je tâcherai d'y être vers neuf heures, mais que je risque d'arriver un peu en retard.

– Enregistré, dit l'employé. Vous avez entendu les prévisions météorologiques? On annonce des chutes de neige.

– En effet, dit Chee. J'y veillerai.

Une fois de plus, Colton souligna le « nous » sur son bloc. Il nota également « à quinze kilomètres d'ici ». Mais par contre il ne nota pas le rendez-vous de neuf heures à Crownpoint. A neuf heures, Jimmy Chee ne serait plus de ce monde.

CHAPITRE XXIX

Le comptoir de Bisti avait brûlé, il y avait bien des années, comme brûlent des bâtiments lorsque les pompiers n'interviennent pas. De l'incendie n'avaient subsisté que les fondations de pierre calcinées avec, ici et là, des fragments de verre fondu et de métal tordu. Au cours des années des crocheteurs de poubelles navajos avaient fouillé parmi les cendres et au cours de ces mêmes années sable et chiendent avaient recouvert les ruines. Les grands cyprès implantés pour protéger le comptoir des rayons ardents du soleil étaient morts de sécheresse depuis longtemps, comme des chiens abandonnés dans le désert. Seule une rangée de troncs desséchés signalait la présence du poste qui disparaissait sous une maigre végétation.

Arrivé à la rangée des troncs de cyprès, Chee tourna à gauche et abandonna le chemin de terre pour une piste que sa carte n'indiquait même pas. Elle s'enfonçait, relativement droite et carrossable, à travers une vaste étendue d'immortelles jaunes, cette fleur du désert.

– Vous êtes sûr que nous sommes sur le bon chemin? demanda Mary.

– Non, fit Chee. Mais je suis sûr que nous sommes dans la bonne direction.

– Et vous croyez toujours que nous découvrirons le hogan? Après tant d'années?

– Je le crois. Mme Musket a bien précisé qu'il fallait rouler pendant quinze kilomètres au nord-ouest du comptoir et au sud d'une butte isolée. Telle qu'elle nous l'a décrite, ajouta Chee en la désignant du menton, ce doit être celle-ci. Et ils ont certainement dû élever un hogan de pierre qui y est toujours. Il suffit de nous mettre en chasse. Et je suis un bon chasseur. Ou du moins, je pensais l'être, ajouta Chee après réflexion.

Jim Chee ne comprenait pas les réactions des Blancs. Que lui disait donc son oncle à ce sujet? Le vieil homme le lui avait répété si souvent qu'il croyait l'entendre.

– Quand tu auras compris l'ensemble, alors tu comprendras les parties. Donc commence par comprendre l'ensemble.

Ce qui signifiait, dans ce cas, que si Chee apprenait à comprendre l'ensemble – l'humanité – il comprendrait aussi la partie, les Blancs.

Oui, son oncle se serait exprimé ainsi, pensa Chee, mais il évitait dans la mesure du possible tout contact avec les Blancs. Qu'aurait pensé son oncle de ce Blanc qui remplissait sa maison de témoignages de ses succès, mais qui gardait dans un coffret les signes de ses plus grands honneurs. Les médailles que lui avait décrites Thomas Charley n'étaient autres que la *Bronze Star* et la *Silver Star* que l'on décerne – Chee l'avait lu dans l'encyclopédie militaire à la bibliothèque de l'Université –, pour s'être distingué dans les combats, tandis que le *Purple Heart* récompensait ceux qui avaient été blessés au cours d'un combat. Il aurait été plus naturel de les voir figurer aux murs à côté d'autres trophées. Pourquoi Vines les dissimulait-il au fond d'un coffret, avec des photos qui remontaient à son enfance et une poignée de cailloux?

Le ciel s'assombrissait et le vent qui soufflait en rafales projetait contre le camion des poignées de sable et d'herbes.

– Oui, c'est certainement la butte que nous cherchions, dit Chee en la désignant à travers le pare-brise. C'est la seule qui se dresse à une quinzaine de kilomètres du comptoir et elle est bien dans la direction indiquée.

Brusquement frappé par une idée, Chee leva le pied de la pédale et laissa le camion s'arrêter de lui-même.

– Bon Dieu! s'exclama-t-il en se tournant vers Mary. Que je suis donc bête!

Il se mit à frapper du poing contre le volant en se disant : Deux sortes de souvenirs. Les uns exposés sur les murs, les autres dissimulés au fond d'un coffret. Qu'est-ce qui les différencie? Une question d'époque, certainement.

– Vous voulez bien vous expliquer? lui demanda Mary qui le regardait, intriguée.

– C'est encore confus dans mon esprit, dit Chee, mais j'en reviens toujours à la même question. Pourquoi un homme qui aime s'entourer de souvenirs de son passé expose les uns et garde les plus précieux dans un coffret lui-même dissimulé dans un coffre mural?

– Vous pensez aux médailles? dit Mary.

– Entre autres, ainsi qu'aux signes de succès sportifs.

– Sans oublier les fragments de roches noires, lui rappela Mary.

– Ça, nous y reviendrons. Attaquons-nous d'abord au plus facile.

– Cessez de me faire languir, dit Mary, et faites-moi part de vos déductions.

– La seule différence que je voie, c'est que les souvenirs enfermés dans le coffret datent de l'enfance, de l'adolescence et de la jeunesse de Vines puis de sa vie aux armées, alors que les trophées exposés dans les vitrines ou sur les murs datent de l'époque où il est devenu riche.

Mary, l'air pensif, se mordit la lèvre inférieure :

– Autrement dit, avant et après l'explosion du puits de pétrole? C'est bien ça? Mais comment expliquez-vous la présence de ces cailloux?

– Nous ferions mieux de continuer notre chemin, dit Chee. La nuit tombe.

Et il remit le camion en marche.

– En d'autres termes, vous ne vous expliquez pas la présence de ces fragments de roche.

– Ils doivent avoir leur importance. Lui rappeler quelque chose d'important. Et qui remonte au début de sa vie.

– En effet, dit Mary tandis que le camion cahotait sur le sol raboteux. Oh, je crois que j'ai trouvé! Ces pierres doivent provenir de l'endroit où a été découvert le gisement d'uranium. Du minerai, en somme.

– Ça colle! s'exclama Chee. Pourquoi ne pas me l'avoir dit plus tôt?

– Vous ne me l'avez pas demandé. Il suffisait de me le demander.

– Passons. Et maintenant expliquez-moi, si vous le pouvez, pourquoi Vines conservait les médailles dans le coffret?

– Peut-être les gardait-il en souvenir de quelqu'un d'autre.

– Mary, vous êtes géniale!

Chee appela Crownpoint et donna au radio des instructions détaillées. Appeler Martin au F.B.I. Lui dire de demander à l'Association des Anciens Combattants de lui envoyer en priorité un rapport sur la carrière militaire de Benjamin J. Vines. Etait-il premier lieutenant dans la 101e Division Aéroportée? S'était-il vu décerner la *Silver Star*, la *Bronze Star* et le *Purple Heart*? Dans quelles conditions était-il rentré dans ses foyers? Avait-il jamais eu des démêlés avec la justice?

– Rien d'autre? demanda le radio.

– Dites à Martin que je lui expliquerai tout

quand nous nous verrons, ce soir. Dites-lui aussi que j'arriverai probablement en retard. Ah... attendez une minute, dit Chee qui feuilleta son bloc. Donnez-lui les noms suivants. (Et il énuméra ceux de tous les hommes qui avaient été tués au cours de l'explosion du puits de pétrole. Arrivé au nom de Carl Lebeck, il fit une pause. Lebeck, le géologue. Lebeck, le détecteur de puits de pétrole. Pour un géologue, ce serait un jeu d'enfant de discerner la nature des fragments de rocs.) Placez le nom de Lebeck en tête, fit-il encore. Et dites a Martin que si Vines n'a jamais reçu ces décorations, que l'Association des Anciens Combattants veuille bien consulter la liste que je vous ai dictée et qu'ils vérifient si une des personnes citées les a reçues.

– Enregistré, fit le radio. Vous êtes toujours à Bisti?

– Nous nous trouvons au nord-ouest du poste dont il ne reste que des ruines. Et du train où vont les choses, je crains que nous soyons encore dans le coin à la nuit tombée.

– Méfiez-vous du temps, lui rappela le radio. Il commence à neiger de votre côté. Il y en a déjà trois doigts à Ganado.

– Je me méfierai, promit Chee qui éteignit la radio et se remit à l'écoute.

– A quoi pensez-vous? lui demanda Mary.

– A dire vrai, pour le moment je n'en suis réduit qu'aux suppositions, fit Chee le sourcil froncé.

– Mais encore? Avez-vous enfin trouvé le lien entre Vines et le puits de pétrole?

– Il en existe certainement un. Sinon avec Vines, du moins avec Gordo Sena.

– Et voilà, fit Mary en riant. Il ne vous reste plus qu'à découvrir en quoi consiste ce lien.

– Je crois que j'ai résolu ce problème-là, dit Chee. Du moins en partie.

La piste tourna à angle droit et escalada une pente de schiste d'un bleu foncé strié de rouge. Le sommet de la butte n'était plus qu'à un millier de mètres. Chee s'agita. Mary qui l'observait s'impatienta.

– J'attends, dit-elle.

– Bon, fit Chee. En premier lieu il nous faut trouver une raison. Qu'il s'agisse de Blancs ou de Navajos, il y a certainement une raison. Pour qu'un Navajo accomplisse un acte aussi criminel – avec tous les morts que cela comporte –, il ne peut s'agir que de sorcellerie. Pour un Blanc, seule la cupidité peut l'y pousser. Vous êtes d'accord, jusqu'à présent?

– Je crois que oui, fit Mary qui paraissait surprise.

– S'il s'agit de sorcellerie, ce qui s'est passé depuis ne colle pas. Un Navajo aurait été capable de tuer Charley s'il avait l'impression que ce dernier lui avait jeté un sort. Ça s'est déjà vu. Mais il l'aurait fait sur le coup, et sous l'emprise de la colère, et non des années plus tard. Donc, nous écarterons cette hypothèse.

Pour toute réponse, Mary haussa les épaules.

– Reste le crime d'un Blanc, avec pour motif la cupidité. Or qui gagne à faire sauter un puits de pétrole? Souvenez-vous d'abord de la situation de ce puits. Nous n'en avons pas retrouvé les restes parce que les chantiers de Red Deuce ont transformé les lieux. Or la compagnie pétrolière qui creusait ce puits s'était assurée les droits sur tout minerai que pouvait renfermer le sous-sol. Si le puits produisait du pétrole les droits seraient prolongés jusqu'à épuisement de ce puits. Mais si quelqu'un apprend qu'il y a un gisement d'uranium sous ce puits, à qui profite cette découverte?

– Aux Sena, j'imagine, puisque ça s'est passé sur leur ranch.

– Aux Sena? Oui, peut-être. L'uranium a fait de Gordo Sena un homme riche. Mais de là à penser qu'il est coupable de meurtre, une fois de plus ça ne colle pas.

– Vous voulez dire tuer son propre frère? demanda Mary. Robert Sena avait peut-être tout combiné, et puis quelque chose a foiré, et il a été tué, lui aussi.

– Non, ce n'est pas ce que je voulais dire, objecta Chee. Vous n'êtes pas vraiment propriétaire de ces terres qui appartiennent en réalité au Bureau fédéral d'Aménagement du Territoire. Vous avez tout juste le droit d'y faire paître votre troupeau de bœufs. Or le puits était creusé en plein territoire fédéral. Comme je vous l'ai dit, les Sena y avaient droit de pâture, mais leurs terres s'étendaient au-delà de leur propre ranch. Ils n'ont donc profité directement ni du pétrole, ni de l'uranium. Si Sena s'est enrichi par la suite c'est parce que le gisement d'uranium s'est étendu jusqu'au domaine de sa famille.

– Donc vous écartez Sena?

– Pas définitivement. Mais une pièce du puzzle fait défaut quelque part et je ne vois pas laquelle.

Le camion dévala abruptement dans le lit d'un arroyo presque à sec. Le problème consistait maintenant à remonter sur l'autre rive.

– Nous voilà presque arrivés, dit Mary. On ne peut pas faire le reste du chemin à pied?

– Nous allons quand même essayer de sortir de là, dit Chee.

Le camion fit jaillir des gerbes de cailloux, dérapa à plusieurs reprises, mais parvint néanmoins en haut du talus. A moins de quatre cents mètres se dressaient trois peupliers d'Amérique, tout rabougris, ce qui, dans cette région désertique, signalait la présence d'une source ou d'un quelconque point d'eau. Cela expliquait pourquoi les Tsossie avaient choisi d'y construire leur hogan qui se dressait à quelques mètres derrière les arbres. En forme d'hexagone, il était fait de dalles de grès coiffées de baliveaux. Ils partaient tous d'une ouverture centrale qui permettait à la fumée de s'échapper. Des successions de froidure et de chaleur avaient depuis longtemps entraîné l'argile qui devait autrefois rendre imperméable ce toit primitif.

Chee gara son camion sous une avancée de la

falaise. Il tâta du doigt l'étui de son revolver, mit son étui à jumelles en bandoulière.

– En route, dit-il, et à peine descendu de camion, il fut assailli par le vent.

La porte du hogan était fermée à l'aide de poutres clouées contre les linteaux. Une seule ouverture, au nord, pour permettre aux fantômes de s'échapper et pour informer les étrangers qu'ils se trouvaient devant un hogan mort. Chee plongea son regard à travers ce trou. A la faible lueur qui filtrait du toit il ne vit que quelques misérables objets dépareillés, indignes d'être emportés par la plus misérable des familles.

– Si ce n'est pas Tsossie qui est mort ici, quelqu'un y est mort, dit Chee. A nous de trouver l'endroit où la vieille femme affirme qu'il a été enseveli.

– J'ai entendu dire, fit Mary, que les Navajos désertent le hogan où l'un des leurs est mort. N'est-ce pas un terrible gâchis?

– A moins que celui-ci ait succombé à une maladie contagieuse, dit Chee. Je pense que c'est ainsi que la coutume a été instaurée. Selon la vieille Mme Musket, reprit Chee qui ne tenait pas à poursuivre cette conversation, la fissure devrait se trouver sur une des pentes de la butte, à l'ouest du hogan.

Deux de ces fissures étaient assez larges pour abriter un corps, où ce qu'il en restait. Chee les examina à la jumelle, mais n'en put rien conclure. Ils se mirent à gravir la pente vers la plus proche des deux. Quelques roches s'étaient éboulées à cet endroit. Chee y prit appui et glissa son regard dans la fissure. Des pierres avaient été entassées à l'ouverture. De l'une d'entre elles s'échappait un morceau d'étoffe bleue. Le vent s'engouffra dans la fissure et fit claquer l'étoffe.

– Approchez, dit Chee. Je crois bien que nous avons découvert Windy Tsossie.

Il arrive, dans le désert, que le froid sec qui y règne en hiver empêche un corps de se décomposer et le transforme en momie. L'emplacement de la fissure, les pierres qui en défendaient l'entrée et qui avaient protégé Tsossie des prédateurs et des rapaces auraient dû lui réserver ce sort, mais il était sans doute mort au cours de l'été et les insectes qui s'étaient acharnés sur lui pendant une trentaine d'années l'avaient réduit à l'état de squelette, propre et blanc.

Lorsqu'il eut enlevé les dernières pierres. Chee s'accroupit à l'entrée et contempla ces restes. Le squelette portait encore des mocassins. Il ne restait plus, de son blue-jean, que des loques effrangées, mais pour quelque mystérieuse raison sa chemise était à peu près intacte. Deux boutons la retenaient encore sur sa cage thoracique vide. Chee souleva la main gauche du mort. Comme le lui avait dit Mme Musket, elle était amputée d'un doigt. Un coup de vent souleva le bas de la chemise puis la colla contre les côtes, révélant l'argent terni de la boucle d'une lourde ceinture de cuir. Chee vit qu'une bourse y était attachée par un lacet de cuir, de ces bourses faites pour contenir des médecines. Il vit aussi que l'os de la hanche présentait une curieuse excroissance et il se rappela les paroles du Dr Huff sur le cancer des os.

Chee prit la bourse et défit le lacet de cuir.

– Il commence à neiger, dit Mary, assise à l'entrée de la grotte. Et la nuit tombe.

– Je n'en ai plus que pour deux minutes, dit Chee.

La bourse de cuir s'ouvrit sous ses ongles. Recouverts d'une poussière jaune, celle du pollen rituel, il en sortit des coquillages, deux plumes d'oiseaux, un bout de racine et une pierre taillée en forme de taupe.

Chee la débarrassa du pollen qui la recouvrait et la polit entre ses doigts. Elle lui rappela celle qu'il avait trouvée dans la bourse d'Emerson Charley. Oui, elle était presque identique.

– Jimmy! Quelqu'un vient!

La voix de Mary, emplie d'effroi, arracha Chee à ses méditations.

– Hein? Où ça?

– Là-bas, et Mary désigna successivement du doigt le toit du hogan, les arbres dépouillés, puis la piste qu'ils avaient suivie.

Au premier moment Chee ne vit rien. Puis un homme portant un blouson et un bonnet bleus lui apparut. Il tenait de la main droite un fusil et Chee aperçut tout juste son visage pour s'assurer de ce qu'il savait déjà. L'homme blond. Courbé en deux, il faisait le tour du camion de Chee.

– Venez près de moi, chuchota Chee, et il aida Mary à pénétrer dans l'espèce de grotte. C'est bien lui. Mais je ne crois pas qu'il nous ait vus. Il nous cherche aux alentours du camion.

– Comment a-t-il pu retrouver notre trace?

– Dieu seul le sait.

Le type aux cheveux blonds, accroupi derrière un buisson, semblait surveiller leur camion. Armé de ses jumelles, Chee fouilla le terrain L'homme avait dû garer son véhicule quelque part, peut-être au fond de l'arroyo qu'ils avaient eux-mêmes traversé.

Mary se blottit derrière le squelette et les pierres qui l'avaient plus ou moins recouvert. Adossée au mur incliné, son regard allait de Chee au squelette. La fissure, ou si l'on veut la grotte, formait un ovale d'environ deux mètres de long, au sol recouvert de débris et de poussière accumulés. Le vent n'avait pas creusé très profond dans la roche tendre. Si l'homme au fusil les repérait, leur abri n'en serait guère un.

– Nous n'allons plus bouger jusqu'à ce que la nuit soit tombée, fit Chee à voix basse. Pas un geste. Pas un bruit. Rien qui puisse attirer l'attention. Couchez-vous à plat, du mieux que vous le pouvez. D'où il est posté, il ne peut pas vous voir, mais déplacez-vous lentement et silencieusement. Je vais me coucher, moi aussi, sur le ventre. De cette façon, il ne verra rien, même s'il risque un œil dans cette fissure. Ou alors il faudrait qu'il grimpe sur un des blocs de pierre.

– Mais nous non plus nous ne le voyons pas, chuchota Mary. Nous ne savons même pas où il est, et nous sommes complètement désarmés.

– Lui, il a son fusil, dit Chee d'une voix à peine audible. Et contre cela nous ne pouvons rien. Du moins pas avant que la nuit soit complètement tombée.

Il était couché sur le ventre, sa main gauche s'appuyant sur la poussière cendreuse, sa main droite serrant la crosse de son revolver. Il était prêt à bondir. Une odeur de cendre et de poussière lui montait aux narines. Une brusque saute de vent s'engouffra dans leur précaire abri. Puis un bruit se fit entendre. L'homme blond? Le vent? Une branche frottant contre un rocher?

Chee lutta contre l'impulsion de s'élancer, de vérifier.

Le bruit se répéta. Un craquement, cette fois.

– Qu'est-ce qu'on entend? chuchota Mary qui paniquait à son tour.

– Ce n'est que le vent, dit tout bas Chee qui, tendant la main par-dessus les ossements, lui serra la cheville.

– Mais oui, fit Mary, écartant sa main. Vous avez sûrement raison.

Un tourbillon de neige pénétra dans leur trou et Chee sentit le froid des flocons sur son visage. Et encore ce bruit, et encore le sentiment de panique.

Chee s'efforça de combiner calmement un plan d'attaque. Dès que l'obscurité serait complète, il sortirait de l'abri, et se mettrait à la recherche du camion de l'albinos. S'il s'y était réfugié, il le tuerait. Sinon, Chee attendrait, comme il attendait maintenant dans le silence que ne troublaient que le bruit du vent et la respiration de Mary. Il avait enfin compris ce que signifiait le squelette de Tsossie et la taupe qui était en sa possession. On avait assassiné des membres du Peuple de l'Ombre. Et ce crime était signé. C'était un crime de Blanc.

Chee éprouvait un désir aigu de réagir, d'agir. Il faisait sombre, maintenant, mais pas tout à fait assez sombre.

– J'y vais, dit-il enfin. Ne bougez pas pendant quelques minutes encore et quand il fera tout à fait noir, sortez d'ici et cherchez un abri plus sûr. Mais restez néanmoins à portée de voix. Quand il n'y aura plus de danger, je vous appellerai.

Et Chee se releva, surpris de constater à quel point ses muscles étaient raidis.

– J'ai une meilleure idée, chuchota Mary. Passez-moi votre revolver et j'irai moi-même voir ce que je peux faire. Ça ne me dit rien de rester seule ici et sans arme.

– Pas question, fit Chee avec un petit rire moqueur. Ce revolver m'appartient. Je l'ai acheté de mes propres deniers.

Là-dessus il se laissa couler hors de la fissure, atterrit sur un des blocs de pierre, puis dans des buissons. Si l'homme aux cheveux blonds qui les guettait avait aperçu quelque chose, il n'avait pas eu le temps de réagir.

Le camion était exactement là où il l'avait pensé. Le type blond l'avait simplement laissé dans l'arroyo, assez loin de la piste pour être hors de vue. Chee avança avec prudence à l'extrême bord de l'arroyo, allant d'un buisson à l'autre, le doigt sur la détente de son revolver.

A l'est le ciel était noir, mais à l'ouest filtrait encore, à travers les nuages, un peu de lumière. Le camion de l'albinos était un G.M.C. bleu foncé. Accroupi, Chee en voyait l'avant et le flanc droit, et un peu la cabine. Elle était vide à moins que l'homme fût plié sur le siège, ou assis sur le plancher, ce qui paraissait peu probable. Une longue baguette jaillissait du pare-chocs arrière, certainement l'antenne d'un poste radio récepteur-émetteur. Voilà comment l'homme blond avait su qu'il trouverait Chee à Bisti. Il s'était tout simplement renseigné auprès du commissariat de police navajo.

Une autre pensée frappa Chee. Qu'avait-il dit en parlant avec Crownpoint? Avait-il mentionné Mary Landon? Avait-il dit « nous »? Ou quoi que ce fût qui permît à leur poursuivant de deviner que Mary était avec lui? Chee ferma les yeux, se concentra et une fois de plus sa mémoire le servit. Il avait dit « nous ». « *Nous* allons à une quinzaine de kilomètres du vieux comptoir. Mais *nous* n'y arriverons pas avant la nuit. »

Chee s'accroupit sur ses talons, sans quitter le camion des yeux. Le type blond ne les attendait pas là où il l'aurait cru. Alors où pouvait-il être? Près de la butte, prêt à pénétrer dans leur abri, ou attendant le moment qu'ils retournent à leur camion? Mary était de toute façon en danger, et elle risquait de tomber dans le piège qu'il leur tendrait.

Chee posa doucement son revolver sur un rocher à côté de ses bottes. Puis il prit dans son portefeuille le chèque que lui avait remis Vines, et qui remplirait parfaitement son but. Le chèque par lui-même ferait comprendre au type blond que Vines avait contacté la police. Chee écrivit aussi bien que le lui permettait l'obscurité :

Nous tuer ne servira à rien. Vines est entré en contact avec le F.B.I. Il est inattaquable.

Chee remit son gant, reprit son revolver et se dirigea en rampant vers le camion. Côté conducteur, la porte était fermée. Chee attira à lui la tige de l'essuie-glace et y enroula solidement le chèque. Si l'homme blond revenait à son camion, il ne pourrait faire autrement que de le voir. Mais où était-il et que faisait-il?

Chee passa en revue tout ce qu'il savait du type blond, incident après incident, depuis l'hôpital jusqu'au tout début, la bombe placée à l'intérieur du camion d'Emerson Charley, dans le parking du Centre des Cancéreux. Arrivé là, il comprit exactement ce que l'albinos avait fait et ce qu'il attendait.

Il avait placé une bombe dans le camion de Chee. Et maintenant, tapi dans l'ombre, il attendait patiemment que Jim Chee et Mary Landon soient déchiquetés avec leur véhicule.

Il fallut à Chee quelques minutes pour sortir de l'arroyo, puis pour grimper sur l'éboulis de grosses dalles rocheuses. De là, il voyait nettement son camion, à environ dix mètres au-dessous de lui. L'obscurité était trop profonde pour qu'il pût discerner s'il y avait, dans le camion, quelque chose qui ne s'y trouvait pas auparavant. Mais si l'homme blond y avait déposé une bombe, il devait l'avoir placée sous le véhicule plutôt qu'à l'intérieur. Si le F.B.I. savait de quoi il parlait, ces bombes éclataient au moindre cahot. Rouler sur ce terrain raboteux, accidenté, ferait l'affaire. L'explosion ne manquerait pas de se produire.

L'endroit où se tenait Chee était jonché de grosses pierres. Chee en prit une qui devait bien peser dans les vingt livres, la porta jusqu'au bord de l'escarpement, la posa très exactement au-dessus de son camion. D'un seul mouvement il la poussa dans le vide et fit un saut en arrière.

Le craquement de la pierre frappant le métal fut dominé, une mini-seconde plus tard, par un bruit assourdissant et une lumière aveuglante. Chee se retrouva à quatre pattes, les oreilles bourdonnant; ses yeux ne voyaient que les cercles rouges et blancs qui s'étaient imprimés sur ses rétines. Il se coucha de tout son long sur ce lit de pierre et attendit de retrouver l'ouïe et la vue.

Bientôt ses oreilles perçurent un bruit différent et ses yeux distinguèrent une lumière mouvante. Le camion flambait. Les flammes, alimentées par l'essence, s'élevèrent jusqu'à lui, mais perdirent bientôt de leur force. Chee, invisible dans l'obscurité, scrutait les alentours illuminés par les flammes. Il se trouvait à l'endroit idéal. Lorsque l'homme blond viendrait s'assurer que ses victimes étaient bien carbonisées, Chee le tuerait. Couché sur le ventre, la main sur la détente de son revolver, il attendit.

Le vent s'éleva, ranima les flammes, puis s'apaisa. De fins et plumeux flocons de neige tombaient. Déjà les rochers se couvraient d'une mince couche blanche. L'essence épuisée, le feu se nourrissait maintenant du capitonnage et des pneus. Une fumée noire s'éleva avec une âcre odeur de caoutchouc et de plastique brûlés. L'espace que devait franchir l'homme blond était blanc de neige et à la lueur des flammes il serait facile à repérer. Mais il ne surgit pas. Par-dessus les craquements du feu, Chee perçut le bruit d'une voiture qui démarrait et qui roulait en première. A l'endroit où l'homme avait garé son camion, s'éleva un pinceau de lumière où dansaient des flocons de neige. Chee se leva d'un bond. Les rayons des phares éclairèrent un instant le ciel lourd de neige. Le camion émergeait péniblement du lit de l'arroyo. Mais les phares n'étaient pas pointés vers la butte. L'homme s'enfuyait.

CHAPITRE XXX

Ils contruisirent un feu entre deux dalles, au fond d'un cul-de-sac qui les protégeait du vent. Chee avait choisi cet emplacement avec soin et décrit un vaste circuit pour s'assurer que nulle lueur du feu n'était visible. D'après ses feux arrière, l'homme blond avait emprunté la route de Bisti. Il ne reviendrait probablement pas. Il n'avait aucune raison de revenir, mais avec lui...

Ils avaient enfin découvert un coin abrité du vent. Mary, adossée à une dalle verticale, étendait ses jambes vers le feu. Le vent qui passait en hurlant par-dessus la butte ne courbait même pas les flammes de leur feu de bois. Mary n'en frissonna pas moins et serra son torse entre ses bras.

– Je crois que vous avez eu tort de lui laisser ce message à propos de Vines, dit-elle enfin.

– Pourquoi?

– Parce qu'il y a de fortes chances qu'il aille exécuter Vines. Or vous n'êtes nullement certain que Vines ait tué qui que ce soit. Ou du moins vous n'êtes pas en mesure de le prouver.

– J'en suis certain.

– Mais encore une fois, vous n'avez pas de preuves, ni le droit de vous ériger en juge.

Chee se tut un moment. Le feu, alimenté par la résine des pignons, brûlait rouge. Il jetait de chauds reflets sur le visage de Mary Landon et des ombres là où ses cheveux retombaient en désordre sur son front.

– Oui, dit Chee, je m'érige en juge. Si le type blond assassine Vines, ce ne sera que justice. Mais il ne le tuera pas. Il n'en aura pas le temps. Il ne pourra pas se rendre là-bas en raison du temps. S'il y a dix centimètres de neige ici, il y en a au moins deux pieds sur les pentes du Mont Taylor. La route ne sera pas ouverte avant le passage du chasse-neige, c'est-à-dire avant demain matin.

– Malgré tout, vous n'avez pas le droit...

– Nous autres Navajos, nous ne pratiquons pas la violence. Nous préférons recourir à la sorcellerie.

– Mais comment pouvez-vous être certain que Vines la pratique?

La neige tombait de plus belle. Le vent se déchaînait autour de la butte, et des flocons tourbillonnaient, éclairés par le feu. Ils atterrissaient tantôt sur les genoux de Chee, tantôt dans les cheveux de Mary.

La nuit serait longue et glaciale, et ils ne pouvaient qu'attendre le jour. A ce moment-là la Compagnie du Gaz naturel d'El Paso enverrait de petits avions de service s'assurer que la brusque chute de température n'avait pas causé de dégâts au matériel. A l'aube, Chee et Mary se rendraient à l'intersection d'une des lignes et allumeraient un feu qui permettrait de les repérer. Jusque-là, rien à faire que de lutter contre le froid et d'aider le temps à passer.

– Il existe chez nous une très vieille légende qui raconte comment le Premier Homme se transforma en sorcier, dit-il pour distraire Mary. Etant le premier homme, il n'avait pas de parents à tuer. Alors il fit appel à la magie pour détruire le plus fort des tabous. Il se détruisit lui-même, puis renaquit, et c'est ainsi qu'il obtint un pouvoir maléfique.

– J'ai cru un instant que vous changiez de conversation, dit Mary. Mais il n'en est rien?

– Non, il n'en est rien. Lebeck décida de faire appel à la sorcellerie. Il se détruisit lui-même et renaquit.

– Lebeck? fit Mary en fronçant le sourcil. Le géologue du puits de pétrole?

– Le géologue, oui. Rappelez-vous ce que nous savons. Nous savons que le puits de pétrole a été foré à travers un gisement d'uranium que la Red Deuce Company exploite actuellement, à l'endroit même où on avait commencé à forer le puits. Lebeck était ce qu'on appelle un « prospecteur de puits », celui qui examine les couches terrestres qu'on fore et analyse des échantillons. Or à environ quinze mètres de profondeur, la foreuse rencontra de la pechblende, un des minerais les plus riches en uranium, et la couche était épaisse. Lebeck comprit aussitôt que sa découverte valait des millions. Mais comment se l'attribuer? Il fallait pour cela que la compagnie actuelle renonce à la concession du puits de pétrole qui se révélait sans intérêt. Il pourrait alors prendre à son tour une concession pour exploiter le minerai. Et voilà pourquoi il a falsifié son rapport.

– Mais, dit Mary, en alerte, ce rapport, vous l'avez lu. Pourquoi ne m'en avez-vous pas parlé? Et qu'est-ce qui vous permet d'affirmer qu'il est falsifié?

– Rien, fit Chee, l'air penaud. J'ai comparé ce rapport avec d'autres concernant d'autres puits forés dans le canton de Valencia, et ils m'ont paru tous semblables. Les compagnies pétrolières recherchaient une nappe de pétrole à environ sept cents mètres de profondeur. Moi je cherchais Dieu sait quoi au fond du forage quand ils ont décidé de faire sauter le puits à la nitroglycérine. Et parce que je ne savais pas ce que je cherchais, je n'ai rien trouvé.

– Mais quelque chose aurait dû vous frapper, dit Mary d'une voix lente. Vous auriez dû vous apercevoir qu'ils foraient à travers un gisement de minerai contenant de l'uranium.

– C'est exact, reconnut Chee. J'ai appris depuis que ce gisement, exploité maintenant par la Red Deuce Company, se trouve à soixante-dix mètres de profondeur. Il aurait donc dû être mentionné sur le rapport.

Chee éprouva soudain une furieuse envie de

fumer, ce qu'il n'avait pu faire depuis l'arrivée de l'albinos. Il offrit à Mary qui la refusa une Pall Mall et l'alluma, tandis qu'elle lui disait machinalement :

– Vous fumez trop.

– J'en suis arrivé à la conclusion que son rapport, il l'a falsifié deux fois. Une fois lorsqu'en forant ils sont arrivés au minerai riche en uranium, et une seconde fois lorsqu'ils sont arrivés à une nappe de pétrole qu'il s'est bien gardé de signaler. Il ne demandait qu'une chose, faire abandonner ce puits, laisser la concession arriver à son terme et la reprendre ensuite en son nom. Lorsque la compagnie a décidé de faire sauter le puits, Lebeck a compris qu'il y avait beaucoup de chances pour que le pétrole jaillisse et cela, il ne pouvait le permettre. C'est ainsi que Lebeck a décidé de tout faire sauter, le puits et les hommes. Et c'est ainsi que Lebeck est devenu un sorcier.

Là-dessus Chee regarda Mary pour voir si elle avait suivi son idée.

– C'est-à-dire mourir, ou feindre de mourir, pour renaître sous le nom de B. J. Vines, dit-elle.

– Exactement.

– Or, quand les hommes qui apportaient la nitroglycérine sont arrivés, quelque chose a foiré. L'équipe de Dillon Charley n'est pas venue travailler ce jour-là.

– Mais comment Dillon Charley a-t-il pu deviner ce qui allait se passer?

– Le Seigneur Peyotl le lui a appris au moyen

d'une vision. Ou peut-être est-ce Lebeck qui l'a prévenu, ce dont je doute. Ou encore, Dillon Charley s'est aperçu de certaines choses qui l'ont inquiété. Je crois que Charley avait une très vive sensibilité. De plus Mme Vines m'a raconté que son mari et Charley Dillon étaient amis... qu'il existait entre eux une certaine connivence qui remontait peut-être à l'époque où Vines était Lebeck. Qui sait? Que ce soit un avertissement du Seigneur Peyotl, de la méfiance envers la nitroglycérine, Charley ne s'est pas rendu au chantier, ce jour-là, et il a ordonné à son équipe d'en faire autant. Or Lebeck aurait voulu qu'ils y passent tous. A part eux, personne ne le connaissait. Et personne ne le reconnaîtrait sous le nom de Vines. Mais il n'avait pas le choix. La nitroglycérine était là. C'était maintenant ou jamais.

– Mais comment s'y est-il pris pour en réchapper?

– Là j'en suis réduit aux suppositions. Il s'est évidemment éloigné assez pour être en sûreté et, armé d'un fusil, il a dû tirer sur la bonbonne de nitroglycérine, au moment voulu.

Une fois de plus Mary frissonna et serra ses bras contre sa poitrine.

– Puis il s'est enfui et on l'a compté parmi les morts? Il n'avait donc aucune famille? Un père? Une mère? Quelqu'un qui tienne à lui?

– J'ignore tout de Lebeck, avoua Chee.

– Puis il est revenu. Il ne craignait donc pas qu'on le reconnaisse?

– Je pense que personne ne le connaissait vraiment et qu'on l'avait fort peu vu, toujours en dehors de l'équipe. L'endroit était fort isolé, mal desservi, et ces hommes vivaient sur le chantier où personne ne venait les voir. Et n'oubliez pas qu'il n'est reparu qu'au bout de deux ans. Davantage, peut-être. En tout cas assez longtemps pour que la concession vienne à expiration. Et assez longtemps pour se laisser pousser la barbe. Qui sait? Peut-être a-t-il fait appel à la chirurgie esthétique? Je vous disais que nous ignorions tout de Lebeck, mais ce n'est pas tout à fait juste. Pour être parachutiste, il faut s'engager. Il s'est ensuite vu décerner deux décorations pour bravoure. Il ne devait donc pas craindre de prendre des risques. Ni de tuer, d'ailleurs. Et il n'a pas dû s'en priver. Et à mon avis, il savait qu'il fallait frapper encore.

– Le Peuple de l'Ombre, dit Mary.

– Oui. Il ne pouvait pas espérer que Dillon Charley l'avait oublié.

– Vous pensez que Dillon Charley, en voyant Vines, a reconnu Lebeck?

– Ce n'est pas impossible, mais je serais enclin à croire que Vines a évité cette rencontre. Ou peut-être lui a-t-il offert de l'argent, une situation, ou Dieu sait quoi. Il savait que jamais Charley ne le dénoncerait au shérif... A ce Gordo qui ne cessait de les persécuter, son Eglise et lui. Et d'ailleurs Charley n'avait plus pour longtemps à vivre.

– Mais Lebeck savait-il que Dillon Charley avait un cancer?

– Lebeck savait que Charley allait avoir un cancer, rectifia Chee. Ces fragments de minerai de couleur noire n'étaient pas autre chose que de la pechblende. Quand la foreuse en arriva à la couche de pechblende, Lebeck reconnut le minerai le plus riche en uranium naturel. Il n'a rien écrit sur son rapport, mais il s'est procuré quelques échantillons de ce minerai pour l'analyser et être sûr qu'il ne se trompait pas. Voilà pourquoi il a gardé ces cailloux noirs qui nous intriguaient tant. Il aimait se faire des souvenirs et il savait déjà que sa découverte allait transformer sa vie.

– Je ne vous suis plus, dit Mary. Comment savez-vous que c'est de la pechblende? Et comment en savez-vous si long sur ce minerai?

– Dans la région, tout le monde se livre plus ou moins à la prospection, expliqua Chee. On apprend à connaître les différents minerais, et particulièrement ceux qui sont riches en uranium. J'aurais dû y penser plus tôt. Je crois que si nous faisons analyser ces cailloux noirs et les taupes fétiches, nous découvririons qu'ils sont de la même matière. Oui, ils sont faits de pechblende et ils sont radioactifs. Vines, en faisant don de la taupe à Charley, savait qu'il la porterait dans sa poche à médecine, qu'il accrocherait celle-ci à sa ceinture, et qu'elle reposerait juste à la hauteur de son aine.

– Alors Dillon Charley, et Tsossie, et Begay, et Sam et les autres, ils y sont tous passés?

Et Mary frissonna encore.

– Il n'avait rien négligé, dit Chee. Je suppose

que Dillon Charley est mort le premier, et que Vines a réclamé le corps et l'a fait enterrer tout près de sa maison pour éviter le risque éventuel d'une autopsie. Mais les Navajos ne s'intéressent guère à leurs morts, les Autorités se soucient encore moins des Navajos morts, et c'est pourquoi j'imagine qu'après la mort de Dillon Charley, Vines a cessé de se tourmenter. Tous ceux qui l'avaient connu sous le nom de Lebeck étaient morts, ou condamnés à mourir. Pendant des années, il a vécu tranquille.

– Jusqu'à ce qu'Emerson Charley meure à son tour du cancer, dit Mary.

– Oui, dit Chee. Le vieux Dillon était un véritable chef religieux et ces hommes-là aiment à transmettre leur fonction à un de leurs enfants. Il a fait don à Emerson de sa bourse de médecine et bien des années plus tard, Emerson a décidé de faire revivre le culte. Il s'est mis alors à porter l'amulette du vieux Dillon, il est tombé malade à son tour...

– Et à ce moment-là Vines recommence à s'inquiéter, dit Mary qui était tout oreilles. Nous sommes en 1980 et Vines craint qu'Emerson aille se faire soigner puis meure dans un centre moderne de recherche du cancer où on effectuerait sûrement une autopsie. Voilà pourquoi il a engagé un tueur professionnel pour l'assassiner.

– Et pour voler son corps.

– Et sans doute pour récupérer la taupe. Mais le type blond ne l'a pas eue entre les mains.

– Et Thomas Charley commençait à se méfier.

Les Navajos qui vivent dans la région du Mont Taylor ne connaissent pas grand-chose à la radioactivité. Mais ils ont constaté que les gens qui avaient eu des rapports avec Vines mouraient. Ils en ont conclu qu'il était sorcier. Et quand le camion d'Emerson Charley a été plastiqué, les soupçons de Thomas n'ont fait que croître. Il lui fallait la preuve que Vines usait bien de sorcellerie. C'est pourquoi il s'est introduit dans leur demeure et s'est emparé du coffret. Quant à Mme Vines, elle avait deviné que son mari attachait une extrême importance au coffret, et c'est pourquoi elle m'a chargé de le retrouver. Elle voulait, je suppose, savoir enfin ce que lui cachait Vines.

La neige tombait plus fort maintenant, et à la verticale, d'un ciel couvert où ne soufflait aucun vent.

– Ne pourrions-nous pas attiser un peu le feu? demanda Mary.

– Si, dit Chee en ajoutant aux braises deux bûches de pin pignon.

– Mais tout cela, vous ne pouvez pas le prouver? dit Mary plus comme une affirmation que comme une question.

– Ce ne sera pas nécessaire. L'homme blond est au courant. Demain je dirai tout à Gordo Sena. Et Sena non plus ne réclamera pas de preuves.

CHAPITRE XXXI

Chee demanda par radio au shérif Sena de donner des ordres à un des hélicoptères de la Compagnie du Gaz naturel d'El Paso. L'appareil les repéra près du tuyau collecteur, à l'embranchement de Nagasi Wash. Mary et lui avaient allumé un feu de broussaille dont l'épaisse fumée attira l'attention du pilote. Celui-ci, un type jeune avec une moustache à la gauloise, ne mit pas un instant en doute le récit de Chee, d'autant plus qu'il avait également repéré la carcasse calcinée de son camion au fond de l'arroyo.

Chee n'en révéla pas plus au radio de Grants que Gordo Sena n'avait besoin d'en savoir.

– Dites-lui que l'homme qui a tué Thomas Charley se dirige vers la maison de B. J. Vines. Dites-lui également que Vines, qui s'appelle en réalité Carl Lebeck, s'était assuré ses services.

– Le... comment? demanda le radio.

– Lebeck. Notez bien ce nom. Carl Lebeck.

A part la description de l'homme blond et de

son camion, Chee ne s'attarda pas à des détails inutiles. Gordo Sena, qui gardait en mémoire depuis trente ans le souvenir de la terrible explosion du puits de pétrole, était assez malin pour rétablir les faits et comprendre ce que ça signifiait. Mais le radio informa Chee que Sena venait de partir pour la mine d'Anaconda. Or la route qu'il devait emprunter et qui traversait la réserve de Laguna aboutissait au Mont Taylor et à la demeure des Vines. Pour un camion, ça représente environ 200 kilomètres, se dit Chee, et environ 90 pour un hélicoptère. Mais aucun véhicule ne pourrait parcourir les deux ou trois derniers kilomètres dans la neige. Sena serait donc obligé de les couvrir à pied et Chee arriverait avant lui.

Ils découvrirent le camion de l'homme blond à environ cinq kilomètres en lacets au-dessous de la maison des Vines. Chee l'examina à travers ses jumelles; les traces qu'il avait laissées étaient aisées à déchiffrer. Le camion avait dérapé dans l'étroit chemin forestier, puis patiné, et ses roues arrière s'étaient enfoncées dans le fossé plein de neige. Le conducteur en était sorti, avait fait à pied quelques centaines de mètres puis était revenu à son camion. A ce moment-là, la neige tombait drue et ses traces étaient déjà à moitié effacées. Un peu plus tard, alors que la neige ne tombait plus, il était reparti, remontant la pente dans deux pieds de neige. Ces nouvelles traces étaient aisées à suivre. Chee savait qu'elles conduisaient à la maison de Vines.

Mais cette maison, l'avait-il atteinte? A quelle

vitesse le type blond pouvait-il avancer dans cette neige épaisse? Pouvait-il faire un kilomètre, un kilomètre et demi à l'heure? Sur la butte, la neige avait cessé de tomber à quatrc heures du matin. Au Mont Taylor, il avait dû neiger plus longtemps. Peut-être jusqu'à cinq ou six heures du matin.

– Prenez le chemin le plus court jusque chez Vines, dit Chee. Quand vous en approcherez, volez au ras du sol et dissimulez-vous derrière les arbres. Ils nous entendront, mais je ne tiens pas à ce qu'ils sachent à quel endroit vous me déposerez.

– Vous déposer? Vous êtes fou! s'exclama Mary. Nous allons attendre l'arrivée du shérif. Vines ne peut plus s'enfuir.

– Non, dit Chee. Il y a une chose que je tiens à faire.

L'hélicoptère se posa dans un grand nuage de neige poudreuse, derrière un rideau d'épicéas qui dissimulait le garage. Chee atterrit dans une couche de neige qui lui montait plus haut que les genoux et resta un instant comme aveuglé par tant de blancheur, tandis que l'hélicoptère reprenait de la hauteur. Puis il s'avança péniblement jusqu'au mur de pierre du garage. Vines, Mme Vines, le type blond, quiconque se trouvait dans la maison avait certainement perçu le grondement du moteur de l'hélicoptère, mais on ne l'avait pas vu et on ignorait que Chee avait atterri. Il resta un moment appuyé contre le mur à essayer de se remémorer le plan de la maison. Appuyée au versant nord, elle dominait le paysage, mais la vue était néanmoins limitée. Aucune fenêtre ne s'ouvrait à l'arrière, mais à plusieurs endroits on pouvait passer directement de l'extérieur au toit de tuiles. Chee fit le tour du garage. Les tombes de Dillon Charley et de la première et fidèle Mme Vines étaient chapeautées de neige. Chee s'arrêta, écouta. Le silence était presque total, le silence d'un matin d'hiver sans vent, au flanc d'une montagne couverte de neige. Arrivé derrière la maison, Chee s'arrêta encore, écouta. Le silence était presque total. Quelque part, dans la forêt, une branche ploya, se débarrassa de son fardeau de neige avec un bruit soyeux, puis se redressa. De la maison ne parvenait toujours aucun bruit.

A dix mètres de là, une porte. Celle d'une buanderie, sans doute, ou de quelque autre service. Chee s'en approcha prudemment, collé contre le mur. Il appuya sur le loquet. La porte n'était pas fermée.

Il perçut, au-dessus de sa tête, le grondement de l'hélicoptère, qui approchait rapidement. Le grondement s'enfla, diminua, revint. Le pilote s'efforçait de faire diversion, sans doute à l'instigation de Mary. Chee poussa la porte et se glissa à l'intérieur de la maison.

La pièce où il pénétra était sombre et il lui fallut un moment, après l'éclat aveuglant du soleil sur la neige, pour s'habituer à cette quasi-obscurité. Il se trouvait dans une sorte de buanderie. Au bout d'un long et étroit corridor, il aperçut la cuisine. Toujours pas le moindre bruit. Un silence aussi ouaté dans la maison que dans la neige. Mais Chee perçut une odeur. Une odeur âcre telle qu'en dégage la fumée bleue d'une arme à feu. Chee prit appui contre un sèche-linge, délaça ses chaussures trempées, puis il s'avança silencieusement, en chaussettes, le long du couloir. La cuisine vide était plus éclairée. La lumière lui parvenait d'une rangée de fenêtres étroites et hautes et d'une large porte ouverte sur ce qui lui parut être une armurerie. Chee se déplaça dans la cuisine, le dos au mur, s'efforçant de voir sans être vu. Il passa devant la porte de ce qui devait être un office, puis resta cloué sur place.

Brusquement lui parvint le bruit d'une respiration, d'un souffle qu'on inhale et qu'on exhale. Quelqu'un se tenait derrière cette porte, à quelques centimètres de lui.

Chee s'éloigna légèrement de la porte, écouta, revolver au poing, prêt à tirer. Puis il s'accroupit, un peu en arrière de la porte, et saisit la poignée. Non, à la réflexion, ce n'était pas là qu'il trouverait le type blond... caché dans un office. La clameur de l'hélicoptère lui parvint encore et il ouvrit la porte d'un coup.

La femme d'Acoma était là. Elle le regarda, saisie, mais ne dit rien.

– Où sont-ils tous? lui demanda Chee en anglais, en posant un doigt sur ses lèvres pour lui recommander le silence.

Le vieille femme d'Acoma regardait le revolver pointé sur son estomac. Chee l'abaissa, puis dit :

– Un homme blond est venu ici. Où est-il? (Comme elle ne semblait pas comprendre, l'air hébété, Chee répéta :) Où sont-ils tous?

– *El brujo es muerto*, dit enfin la vieille.

Et ce fut tout ce qu'elle dit. Elle le répéta par deux fois, tourna les talons, s'engagea dans le couloir et disparut dans la buanderie. Chee entendit la porte qui donnait sur l'extérieur s'ouvrir, puis se refermer.

– « Le sorcier est mort. » A qui faisait-elle allusion? A Vines? Pas à Mme Vines, en tout cas. Puisqu'elle avait dit « le sorcier ».

Chee le découvrit dans le cabinet de travail. Vines était assis très droit, son fauteuil tournant légèrement renversé en arrière. La balle l'avait cloué au front contre le coussin de cuir. Le reflet du soleil sur la neige filtrait à travers les lattes des persiennes et éclairait son visage et le trou qui s'ouvrait dans son front, au-dessus de l'arête du nez. Il avait peu saigné, mais cependant un filet de sang avait coulé le long de sa joue et dans sa barbe blanche. B. J. Vines avait encore les yeux ouverts, mais le sorcier était mort et bien mort.

Où était l'homme blond? Chee se tenait à l'entrée de la pièce, le dos au mur, et tendait l'oreille, mais en vain. L'hélicoptère était parti. Avait-il atterri quelque part? Le visage de Vines exprimait la stupeur. Il avait vu la mort venir. Par-dessus son épaule, une tigresse dardait sur Chee ses étincelantes prunelles de verre. Chee se surprit à penser qu'on pourrait empailler la tête de B. J. Vines, qui figurerait en bonne place, avec ses brillants yeux bleus, parmi les autres prédateurs. Sa tâche accomplie, l'homme blond avait dû s'enfuir. Chee fit vivement le tour du bureau et tâta du doigt la gorge de Vines. La peau était encore souple et tiède, le filet de sang à peine coagulé. Sa mort ne devait pas remonter à plus de cinq ou dix minutes. Donc son assassin ne devait pas être très loin. Et où donc était Rosemary Vines? Absente, peut-être.

Chee, debout près du bureau, ne quittait pas la porte des yeux et tendait l'oreille. Qu'allait faire maintenant le type blond? L'hélicoptère se rapprocha, passa devant la maison. Mary lui faisait sentir sa présence. Chee se rappela alors que l'homme blond était armé. Eloigne-toi, Mary. Ne reste pas à la portée de son fusil. C'est une femme entre toutes les femmes, se dit-il. Elle me rend heureux. Elle est mon amie. Auprès d'elle j'ai envie de chanter. De l'entourer de beauté. Eloigne-toi, Mary. L'assassin doit être encore dans la maison. Pour s'assurer qu'il n'y a pas d'autres serviteurs? D'autres témoins de son crime? A cet instant, Chee perçut un bruit. Le bruit d'une toux étranglée. Et qui se répéta.

L'homme blond était assis à même le carrelage du hall, le torse appuyé contre la lourde porte d'entrée. Il y avait du sang partout. Il avait éclaboussé les lambris, trempé le pantalon du blessé, et une flaque allait s'élargissant sur le sol de carreaux de céramique. Dans cette flaque de sang, un revolver noir muni du long cylindre d'un silencieux. L'homme blond toussa encore. Il regarda Chee sans le voir, s'efforça de le distinguer, remua les lèvres et dit enfin :

– J'ai froid.

Chee comprit ce qui s'était passé. L'homme avait été atteint à l'instant où il gagnait la porte. Par un des fusils de chasse de Vines, sans aucun doute. Une arme puissante. La balle l'avait atteint en plein dos, lui avait traversé le corps, éclaboussant la porte de sang, et le brisant comme un fétu.

– De la chaleur, balbutia le blessé.

– Devant l'âtre, peut-être, dit Chee.

Il remit son revolver dans son étui, enjamba la flaque de sang, s'agenouilla près de l'homme blond. Puis le prenant sous les genoux et sous les épaules il le souleva... prudemment, parce que le carrelage plein de sang glissait sous ses pieds et parce que le blessé se mourait.

Dans la vaste salle de séjour un feu de bois s'était consumé, mais il restait encore des braises. Chee s'agenouilla devant la cheminée et étendit l'homme sur la peau d'ours blanc. Son dos devait être brisé entre les omoplates. Sa tête roula sur la fourrure et il dit d'une voix à peine audible :

– Il y a... une agence... un détective... Webster... A Encino... Il doit retrouver ma mère Elle saura où est notre cimetière... Elle viendra et elle m'emmènera.

– Je m'en occuperai, dit Chee. Rassurez-vous.

– Je suppose que je l'ai tué, dit Rosemary Vines.

Elle se tenait sur le seuil de la porte et tenait à

la main un fusil à canon long, pointé dans la direction de Chee.

– Oui, dit Chee. Il n'en a plus que pour quelques minutes.

Tout le sang s'était retiré du visage de Mme Vines et son rouge à lèvres était comme une blessure dans sa face blême.

– Saviez-vous qui était votre mari? lui demanda Chee.

Rosemary ne quittait pas des yeux le corps de l'agonisant. Elle est sous le choc, se dit Chee. Elle ne m'entend même pas.

– Je sentais qu'il avait eu une autre vie, dit-elle enfin, en pesant ses mots. Je m'en doutais avant même qu'il ne m'épouse. Il se complaisait à parler de lui-même, mais jamais au-delà d'une certaine époque. Son enfance, son adolescence, le collège, bref tout ce qui s'était passé avant qu'il vienne ici et qu'il découvre le gisement d'uranium, tout cela restait dans le vague. Il me cachait quelque chose. Il a finalement reconnu qu'il avait en effet un secret, mais il ne me l'a jamais révélé. Lorsque je lui ai dit un jour que son passé devait être criminel, sinon il n'en aurait pas eu honte, il n'a fait que rire.

Sur la blanche peau d'ours l'homme blond ne bougeait plus.

– Je savais que son secret était contenu dans son coffre-fort, dans son coffret. Il était comme ça, B. J. Il tenait à garder des preuves de tous ses actes. Les têtes empaillées de fauves qu'il avait abattus. Des peaux. Des photos. Oui, il aimait conserver les preuves de ce qui lui était arrivé. Il n'aurait pas pu jeter par-dessus bord vingt-cinq années de sa vie. Si je pouvais, avant son retour, récupérer le coffret, je saurais enfin qui était B. J. Vines dans sa jeunesse, et quel était le secret honteux qu'il me cachait.

Cette pensée amena un peu d'animation sur le visage blême de Mme Vines. Une sorte de triomphe. Quelque chose qui ressemblait presque à un sourire.

– Un secret honteux, ou peut-être une chose qu'il redoutait, ajouta-t-elle.

Chee détourna les yeux de sa haute silhouette, du corps qui gisait à ses pieds, de la blanche fourrure tachée de sang. Par les vastes baies qui éclairaient la pièce, il ne voyait que le ciel et la neige. Un bleu étincelant et un blanc d'une extraordinaire pureté. Un décor aussi beau aurait dû le transporter d'admiration. Mais il n'éprouvait rien, qu'une extrême fatigue et un vague dégoût.

Cependant il en connaissait la cause, et le remède. Les étranges coutumes des Blancs avaient détourné les Navajos de la beauté. Et il lui fallait retrouver cette beauté. Dès demain il irait voir Hosteen Nakai et il lui demanderait de réunir les membres de sa famille... Ses frères et sœurs par le sang, ses amis, ses adeptes. Et ils consacreraient huit jours à des chants, à des poèmes et à des peintures dans le sable afin de recréer le passé et de retrouver leur âme.

Il persuaderait Hosteen Nakai que Mary devait

elle aussi recevoir la bénédiction, bien qu'elle ne fût pas des leurs. Cela prendrait des semaines : choisir l'emplacement, rassembler les gens, trouver le chanteur, se procurer de la nourriture. Mais lorsque tout serait terminé, il aurait recréé autour de lui harmonie et beauté.

DU MÊME AUTEUR

Aux Éditions Gallimard

Dans la collection Série Noire

LE PEUPLE DE L'OMBRE, *n° 1852* (repris en « Folio », *2367*).

PARUTIONS FOLIO POLICIER

1.	Maurice G. Dantec	*La sirène rouge*
2.	Thierry Jonquet	*Les orpailleurs*
3.	Tonino Benacquista	*La maldonne des sleepings*
4.	Jean-Patrick Manchette	*La position du tireur couché*
5.	Jean-Bernard Pouy	*RN 86*
6.	Alix de Saint-André	*L'ange et le réservoir de liquide à freins*
7.	Stephen Humphrey Bogart	*Play it again*
8.	William Coughlin	*Vices de forme*
9.	Björn Larsson	*Le Cercle celtique*
10.	John Sandford	*Froid dans le dos*
11.	Marc Behm	*Mortelle randonnée*
12.	Tonino Benacquista	*La commedia des ratés*
13.	Raymond Chandler	*Le grand sommeil*
14.	Jerome Charyn	*Marilyn la Dingue*
15.	Didier Daeninckx	*Meurtres pour mémoire*
16.	David Goodis	*La pêche aux avaros*
17.	Dashiell Hammett	*La clé de verre*
18.	Tony Hillerman	*Le peuple de l'ombre*
19.	Chester Himes	*Imbroglio negro*
20.	Sébastien Japrisot	*L'été meurtrier*
21.	Sébastien Japrisot	*Le passager de la pluie*
22.	Pierre Magnan	*Le commissaire dans la truffière*
23.	Jean-Patrick Manchette	*Le petit bleu de la côte Ouest*
24.	Horace McCoy	*Un linceul n'a pas de poches*
25.	Jean-Bernard Pouy	*L'homme à l'oreille croquée*
26.	Jim Thompson	*1275 âmes*
27.	Don Tracy	*La bête qui sommeille*
28.	Jean Vautrin	*Billy-ze-Kick*

29.	Donald E. Westlake	*L'assassin de papa*
30.	Charles Williams	*Vivement dimanche!*

À paraître

31.	Stephen Dobyns	*Un chien dans la soupe*
32.	Donald Goines	*Ne mourez jamais seul*
33.	Frédéric H. Fajardie	*Sous le regard des élégantes*
34.	Didier Daeninckx	*Mort au premier tour*

Impression Bussière Camedan Imprimeries
à Saint-Amand (Cher),
le 2 octobre 1998.
Dépôt légal : octobre 1998.
Numéro d'imprimeur : 984615/1.
ISBN 2-07-040652-0./Imprimé en France.

88122